tredition®

www.tredition.de

AF186037

Sabine Kulinski

Mama schläft

Die Geschichte einer Täuschung

www.tredition.de

© 2014 Autor: Sabine Kulinski

Umschlaggestaltung: SabineKulinski/Maddy Wirtz

Lektorat, Korrektorat: Lektorat Winkel, Hamburg

Verlag: tredition GmbH, Hamburg
ISBN: 978-3-8495-7634-9
Printed in Germany

Es sandte mir das Schicksal tiefen Schlaf,
Ich bin nicht tot, ich tauschte nur die Räume,
Ich leb in euch, ich geh in eure Träume,
da uns, die wir vereint, Verwandlung traf.

Ihr glaubt mich tot, doch dass die Welt ich tröste,
leb ich mit tausend Seelen dort,
an diesem wunderbaren Ort,
im Herzen der Lieben. Nein, ich ging nicht fort,
Unsterblichkeit vom Tode mich erlöste.

Michelangelo Buonarroti (1475 – 1564)

Das Blaulicht erhellte rhythmisch den kleinen Wald. Ein Feuerwehrwagen und zwei Polizeiautos versperrten die Auffahrt zu dem kleinen roten Backsteinhaus, das, angesichts des regen Treibens, fast wie verloren, unbeteiligt dazustehen schien.

Eine Frau mittleren Alters saß auf einem Stein, der durch die Form eines Hockers geradezu einlud, darauf Platz zu nehmen. Aus dem so sorgfältig gebundenen Knoten hatte sich eine graue Strähne gelöst, die ihr vom Wind immer wieder ins Gesicht geweht wurde. Aber sie schien es nicht zu bemerken. Ein Träger ihrer Kittelschürze hatte sich auf einer Seite gelöst und hing traurig von ihrer Schulter herab. Genauso traurig, wie die Frau selbst zu sein schien.

Ein Feuerwehrmann kniete sich zu ihr und gab ihr etwas zu trinken. Während er mit ihr sprach, schüttelte sie immer wieder den Kopf. Schließlich griff sie in die Tasche ihrer Schürze und beförderte ein Taschentuch zutage, das sie sich schluchzend vor die Augen hielt. Der Feuerwehrmann legte seine Hand mitfühlend auf ihre Schulter.

Das Haus selbst war hell erleuchtet und viele Menschen schlichen neugierig herum. So viele Besucher waren in dem kleinen Haus noch nie zu Gast gewesen. Fast, als feierten sie eine Party. Nur die Stimmung war viel gedrückter.

Keine laute Musik oder Gelächter hallten durch die kleinen Räume, sondern es herrschte eine drü-

ckende Atmosphäre von Betroffenheit, Fassungs-
losigkeit und Trauer.

Dabei war doch alles gut!

Ja, jetzt war alles gut!

Heute kann ich es gar nicht abwarten, nach Hause zu kommen. Ich habe das erste Mal eine glatte Eins in Mathe bekommen. Dabei bin ich sonst nur Dreien und Zwei-Minusse gewohnt. Grit ist eigentlich immer die mit den guten Noten, aber diesmal bin ich besser. Sie hat nur eine Zwei. Sie hat mich ganz böse angeguckt, aber das ist mir egal.

Ich kann es kaum erwarten, Mama meine Eins zu zeigen. Vielleicht gehen wir ja zur Eisdiele, das machen wir manchmal, wenn wir etwas Besonderes zu feiern haben. Manchmal gehen wir aber auch, wenn wir gerade Lust auf Eis haben. Für Besonderes gibt es immer eine Kugel extra!

Ich laufe ganz schnell den Weg von der Bushaltestelle zu unserem Haus. Es ist ein ganz schönes Stück zu laufen, aber ich bin gut im Rennen und manchmal versuche ich, meine beste Zeit zu schlagen. Aber nicht, wenn es regnet oder meine Schultasche so schwer ist. Dann ist der Weg auch immer viel länger. Ich kann Mamas Auto vor der Garage stehen sehen.

„Mama! Mama! Ich bin's, Samira! Ich bin zuhause!"

Komisch, die Haustür ist fest verschlossen. Ich klingle Sturm. Soll Mama doch gleich wissen, dass etwas ganz Besonderes passiert ist. Ich versuche, Mamas Schritte im Haus zu hören, aber alles bleibt still. Komisch! Mama ist eigentlich immer zuhause, wenn ich aus der Schule komme.

Ich gehe ums Haus herum und versuche, etwas durch die Fensterscheiben zu sehen. Das Haus ist wirklich leer. Ich werde mal zu Frau Hinrichs gehen und fragen, ob sie weiß, wo Mama ist.

Mama sagt, dass Frau Hinrichs immer weiß, was ihre Nachbarn treiben. Vielleicht weiß sie ja auch, was Mama treibt.

Das ist wirklich seltsam. Frau Hinrichs hat auch keine Ahnung. Aber bei ihr bleiben, bis Mama wieder da ist, will ich auch nicht, da gehe ich lieber nach Hause und warte dort.

Ich klingle noch einmal, aber wieder ist nichts zu hören. Mama hat mal gesagt, dass Papa einen Ersatzschlüssel im Schuppen hat, für Notfälle. Nun, ich glaube, dies ist sicher ein Notfall. Allerdings habe ich keine Ahnung, wo im Schuppen dieser Schlüssel sein soll.

Die Tür knarrt leise, es hört sich fast wie ein Stöhnen an. Ich fühle mich nicht wohl hier. Es ist schon viele Jahre her, dass ich im Schuppen war. Als Papa noch lebte, habe ich ihm oft zugesehen, wenn er etwas repariert oder gebastelt hat. Und manchmal durfte ich ihm auch helfen. Mama sah das nicht so gerne, aber wir hatten viel Spaß zusammen. Doch nun ist alles hier von einer dicken Staubschicht bedeckt. Die Farbeimer, die Werkzeuge.

Auf der Hobelbank liegt ein Werkzeug, eine große Zange. Es scheint fast, als sei es das Letzte gewesen, was Papa benutzt hat. Ich bekomme eine Gänsehaut. Ich möchte hier nicht länger bleiben.

Wo kann nur dieser blöde Schlüssel sein? Vielleicht in einer der Schubladen. Ich ziehe die erste auf, aber da liegen nur Werkzeuge drin. Ich ziehe eine nach der anderen auf, aber einen Schlüssel kann ich nicht finden.

Auch Papas Fernglas hängt staubig an einem Haken. Das haben wir oft mitgenommen, wenn wir spazieren gegangen sind. Papa hat mir Rehe und Wildschweine gezeigt und am Strand haben wir die Möwen beobachtet und die großen Schiffe auf der Ostsee. Das war schön. Auch das Fernglas ist von einer dicken, schmierigen Staubschicht ein

Gerade als ich die Hoffnung aufgeben will, sehe ich einen kleinen Haken unter dem Fernglas versteckt. Daran hängt ein einzelner Schlüssel. Der sieht aus wie unser Haustürschlüssel. Ich nehme ihn vom Haken und laufe eilig aus dem Schuppen und vor den ganzen Erinnerungen davon.

Der Schlüssel lässt sich einfach ins Schloss stecken und öffnet die Tür mit einem leisen, knackenden Geräusch.

Endlich!

„Mama, Mama! Wo bist du?" Ich höre keine Schritte. Und nach Mittagessen riecht es hier auch nicht. Das ist seltsam. Vielleicht hat sie sich ja hingelegt. Das macht sie manchmal.

Ich gehe ganz leise zum Schlafzimmer und klopfe an die Tür. Keine Antwort!

„Mama!", rufe ich leise, aber ich höre nichts. Ich öffne ganz vorsichtig die Tür. Da liegt sie ja! Sie hat sich gar nicht zugedeckt. Sie liegt einfach so auf dem Bett. Ich gehe zu ihr. „Mama", flüstere ich leise. Aber Mama hört mich nicht. Ich streichle sanft ihre Hand, aber die ist ganz kalt. Ich nehme die Wolldecke vom Sessel und decke Mama damit zu. Kalt soll ihr auf keinen Fall sein. Aber komisch ist das schon, dass sie bei der Hitze so friert. Fast hätten wir heute Hitzefrei bekommen. Soll sie lieber noch etwas schlafen.

Ich schleiche mich leise aus ihrem Zimmer. Mal sehen, ob ich etwas zu essen finde. Vielleicht ein paar Kekse. Abends kann Mama dann ja etwas Richtiges kochen.

Hausaufgaben habe ich heute keine auf. Ich setze mich mit meinen Keksen und einem Glas Milch vor den Fernseher. Normalerweise ist das eigentlich verboten, aber Mama schläft ja und alleine am Küchentisch sitzen ist nicht schön. Das wird Mama bestimmt verstehen!

Tom und Jerry mag ich gerne. Die sind wirklich komisch.

Es ist heute zu heiß, um irgendetwas zu unternehmen. Einige aus meiner Klasse haben sich heute im Freibad verabredet. Aber ich habe dazu keine Lust. Eigentlich hat mich auch keiner gefragt.

Ich gehe vielleicht heute noch mit Mama zur Eisdiele und esse ein riesiges Eis. Das ist viel besser als alle Freibadbesuche zusammen.

Die Fliegen im Haus sind richtig lästig. Ich verstehe nicht, dass sie immer wieder versuchen, durch eine geschlossene Fensterscheibe zu fliegen. Schwitzen tun die auch nicht. Und müde scheinen sie schon gar nicht zu sein. Sie sind wohl nur einfach dumm.

Mama hat gestern noch gesagt, dass dies der heißeste August seit zwanzig Jahren ist. Alle Leute stöhnen. Viele alte Leute werden ins Krankenhaus gebracht, weil sie von der Hitze einfach umfallen. Frau Hinrichs ist noch nicht umgefallen, aber sie stöhnt auch die ganze Zeit.

Wer ist denn da an der Tür? Frau Hinrichs erkundigt sich nur nach Mama. Ja, es geht ihr gut, sie schläft nur. Sie gibt mir einen Eimer mit Aprikosen. Frau Hinrichs hat zwei Aprikosenbäume und sagt, dass dieses Jahr ein gutes Jahr für Aprikosen ist, darum hat sie auch so viele. Ich bedanke mich und verspreche, dass wir ihr Bescheid sagen, wenn wir mehr haben wollen. Frau Hinrichs lässt Mama grüßen und geht nach Hause.

Mama sagt, dass Frau Hinrichs Mitte sechzig ist, aber eigentlich sieht sie aus wie Mitte siebzig. Das liegt bestimmt an der Kittelschürze, die sie immer trägt. Mama sagt, dass viele Frauen auf dem Land Kittelschürzen tragen, um ihre Kleidung bei der Hausarbeit zu schützen. Aber Frau Hinrichs trägt immer nur ihre Unterwäsche unter der Kittelschürze. Das kann ich sehen. Sie schont ihre Sachen wohl lieber gleich im Schrank.

Ich wasche die Aprikosen und lege sie in eine große Schüssel. Eine probiere ich und sie schmeckt wirklich zuckersüß, obwohl sie noch fest ist. Ich lege mir ein paar auf einen Teller und setze mich wieder vor den Fernseher.

Ich höre immer noch keine Schritte in Mamas Zimmer. Sie schläft sicher noch tief und fest. Vielleicht sollte ich ihr einen Tee machen. Wenn ihr kalt ist, dann hilft ihr der bestimmt.

Ich bin vorsichtig mit dem Wasserkocher. Einmal habe ich mich schon verbrüht. Das war gar nicht schön. Ich kann jetzt noch die Narbe auf meiner Hand sehen. Welcher Tee wäre wohl der beste? Ich glaube, ich mache ihr Kamillentee. Der hilft mir auch immer, wenn ich mich krank fühle.

Vorsichtig nehme ich die Tasse am Henkel und versuche, nichts zu verschütten. An Mamas Zimmertür bleibe ich kurz stehen, um zu hören, ob sie schon wach ist. Aber ich höre keinen Mucks.

Ich öffne die Tür und gehe vorsichtig, Schritt für Schritt, zu ihrem Bett. Die Tasse stelle ich auf ihrem Nachttisch ab. Ein Buch liegt dort, in dem Mama wohl immer vor dem Einschlafen liest. Ein Mann und eine Frau sind auf dem Umschlag abgebildet. Das ist bestimmt eine Liebesgeschichte. So etwas liest Mama ganz gern.

Die Luft in ihrem Zimmer ist sehr stickig. Ich glaube, ich mache mal vorsichtig das Fenster auf.

Mama liegt noch immer genauso da wie vorher. Sie ist auch ganz blass und unter ihren Augen ist ein dunkler Schatten. Ich glaube, sie ist wirklich krank. „Schlaf dich gesund!" Das sagt sie zu mir auch immer, wenn ich krank bin. Ich schließe ganz leise die Tür zu ihrem Zimmer. „Bis morgen, Mama!"

Ich stehe auf einer Wiese. Die Sonne scheint in meine Augen. Sie blendet mich. Papa tanzt und dreht sich im Kreis. Ich will zu ihm gehen, aber ich kann mich nicht bewegen. Meine Füße sind fest mit der Wiese verwachsen. Ich will ihn rufen, aber aus meinem Mund kommt kein Ton.

Jetzt sehe ich Mama auf der Wiese. Sie hüpft wie ein ausgelassenes Kind. Sie hat Blumen in der Hand und läuft zu Papa. Ich will zu ihnen. Warum kann ich mich nicht bewegen?

Ich fange an, mit aller Kraft meine Füße vom Boden zu lösen, aber ich komme nicht voran. Ich öffne meinen Mund, um zu rufen, aber meine Stimme ist noch immer stumm. Sie macht keinen Ton.

Ich schwitze vor Anstrengung, aber alles ist vergebens. Mama schaut zu mir rüber und winkt mit dem Blumenstrauß. Ich versuche, zurückzuwinken, aber ich habe keine Arme mehr. Mama und Papa entfernen sich immer weiter, sie sind schon fast nicht mehr zu sehen, da versuche ich, ein letztes Mal freizukommen, und diesmal hält mich nichts mehr zurück.

Ich laufe, so schnell ich kann, um sie noch einzuholen, aber es ist zu spät. Es ist niemand mehr zu sehen.

Ich setze mich ins Gras und weine. Da höre ich aus der Ferne das laute Tuten eines Dampfers. Es kommt von weit her und ich kann ihn nicht sehen. Aber das Tuten hört nicht auf. Immer wieder ertönt das dumpfe „Tut ... tut ... tut ...".

Ich öffne meine Augen und merke, dass ich immer noch im Wohnzimmer bin. Ich muss gestern Abend hier eingeschlafen sein. Komisch, ich höre immer noch das Dampfertuten. Was kann das sein? Ich setze mich auf. Na klar, der Wecker! Der steht in Mamas Zimmer und sie hört ihn wohl nicht. Ich laufe aus dem Wohnzimmer und klopfe an Mamas Tür. Aber sie sagt nichts.

Ich öffne die Tür, gehe schnell zu ihrem Nachttisch und stelle den Wecker aus. Mama liegt noch genauso da wie gestern. Sie hat sich nicht mal umgedreht.

Es riecht in ihrem Zimmer überhaupt nicht gut. Das offene Fenster hat nicht viel genützt. Es sind auch so viele Fliegen hier. Am besten, ich mache das Fenster zu und hole eine Fliegenklatsche. Mama braucht ihre Ruhe.

Zuerst wasche ich mich aber und mache mich fertig für die Schule. Die Zahnpasta ist fast leer. Ich quetsche das letzte bisschen aus der Tube heraus. Ich glaube, ich muss heute einkaufen gehen. Die Milch ist auch fast alle. Mama konnte am Samstag nicht zum Einkaufen fahren, weil sie so starke Kopfschmerzen hatte. Da fing ihre Krankheit sicher schon an. Samstags fahren wir eigentlich immer zum Supermarkt.

Wo ist denn mein blaues T-Shirt? Das wollte ich heute so gerne anziehen. Vielleicht ist es ja im Trockner? Nein, es liegt bei der Schmutzwäsche im

Wäschekorb. Das ist wirklich zu dumm. Dann muss ich eben ein anderes tragen. Ich habe kaum noch T-Shirts in meinem Schrank. Sie sind alle schmutzig oder riechen schlecht. Dann muss ich das nehmen mit dem rosa Pferd drauf. Dafür bin ich eigentlich schon längst zu alt, aber es ist das einzige, das noch sauber ist.

Ich klopfe leise bei Mama an, aber sie ist ganz still. Vorsichtig schleiche ich mich hinein und nehme ihre Tasse vom Nachttisch. Die Tasse ist noch ganz voll. Ich werde ihr einen frischen Tee machen, dann hat sie etwas Warmes, wenn sie aufwacht. Wer mag schon kalten Tee?

Zum Glück muss ich heute nicht so hetzen. Mamas Wecker klingelt nämlich immer eine halbe Stunde früher, bevor sie mich weckt.

Ich nehme die letzten Cornflakes und den Rest der Milch. Nun muss ich wirklich einkaufen gehen. Ich glaube nicht, dass Mama heute schon gesund genug ist, um selber etwas einzukaufen. Am besten schreibe ich mir einen Einkaufszettel, damit ich nichts vergesse.

Mal sehen, also Milch, Cornflakes, Toastbrot, Zahnpasta, dann den Kartoffelsalat, den Mama immer so gerne isst, vielleicht auch noch den Schokopudding mit der Sahne, eine Schokolade kann ich auch noch mitbringen, am liebsten mag ich die, die so schön knistert, wenn man sie im Mund hat. Was kann ich mal zu Mittag essen? Ich bringe mir eine Pizza mit, die mit Ananas esse ich gerne.

Die Liste ist gar nicht so lang! Ich stecke sie in meinen Rucksack zu meinem Mathebuch. Ach, ich brauche ja auch noch Geld! Das hätte ich beinahe vergessen! Wo hat Mama ihr Portemonnaie?

Gründlich suche ich in der Küchenschublade, aber das Portemonnaie ist nicht dort. Ich überlege, ob sie es in ihrer Handtasche hat. Ich kann es nicht finden! Doch halt! Ja, da ist es. Ich nehme es heraus und öffne es. Ich nehme alle Scheine und lege sie auf den Tisch. Die Münzen lege ich daneben.

Insgesamt sind es dreiundfünfzig Euro dreiundachtzig. Das ist eine Menge Geld. Ich stecke es zurück ins Portemonnaie und verstaue es in der Reisverschlusstasche von meinem Rucksack, da kann ich es nicht verlieren.

Nun muss ich mich aber beeilen. Noch schnell den Tee für Mama aufgießen und noch schnell auf ihren Nachttisch stellen. Die Luft in Mamas Zimmer ist immer noch schlecht. Ich habe ganz vergessen, die Fliegenklatsche zu holen. Das muss eben warten, bis ich wieder da bin. Vielleicht wird Mama zwischendurch auch wach und schlägt die Fliegen selber tot.

Ich muss laufen, damit ich den Bus nicht verpasse. Mama kann mich ja nicht fahren. Das macht sie manchmal, wenn ich den Bus verpasse.

Ich habe Glück, der Bus kommt gerade um die Ecke und ich bekomme einen Einzelplatz. Da sitze ich am liebsten. Da werde ich wenigstens in Ruhe gelassen und nicht gehänselt. Die Kinder in der Schule mag ich nicht. Die sind gemein!

In meiner alten Schule war es besser, da hatte ich wenigstens eine Freundin. Wir saßen nebeneinander und nach der Schule haben wir gespielt. Wir haben sogar nebeneinander gewohnt. Das machte es einfacher, uns zu treffen. Wir sind einfach durch den Garten gegangen und haben an der Terrassentür geklopft.

Meine Freundin hieß Amelia und hatte langes lockiges Haar, das aussah, als wenn es aus Gold wäre. Ich habe nur glattes dunkles Haar und es reicht noch nicht mal bis zur Schulter. Aber trotzdem waren wir die besten Freundinnen. Dann sind wir umgezogen. Papa wollte in das Haus ziehen, in dem er aufgewachsen war und das ihm gehörte. Es haben aber immer andere Leute drin gewohnt, darum mussten wir erst warten, bis sie dort nicht mehr wohnen wollten.

Papa war zuerst sehr glücklich, als wir dort einzogen, aber Mama nicht. Sie sagt immer, dass wir hier leben wie auf einer einsamen Insel, nur sind wir nicht von Wasser umgeben, sondern von Einöde. Und natürlich von Frau Hinrichs.

Das Haus ist klein und wir können nur auf einer Etage wohnen, weil es oben keine Zimmer gibt. Papa wollte oben aber noch ein großes Zimmer bauen, nur für mich alleine. Papa war oft traurig, als wir noch neben Amelia wohnten. Ich habe ihn sogar öfter weinen hören.

Zum Frühstück musste er immer zwei bunte Tabletten schlucken, aber die wirkten nicht immer.

In diesem Haus wurde er immer glücklicher, nur Mama wurde immer unglücklicher.

Mama hat mal zu mir gesagt, dass das Unglück zu uns gekommen ist, als wir in dieses Haus gezogen sind. Sie sagte, das ist keine schöne Gegend. Das dachten die Leute, die vorher in Papas Haus wohnten, wohl auch und wohnen jetzt in einer schöneren Gegend.

D ie Schule sieht aus wie ein großer grauer Kasten, der morgens Kinder verschluckt und mittags wieder ausspuckt. Die Räume sind drinnen genauso langweilig, wie die Schule von außen aussieht. Aber das macht mir dienstags immer nicht so viel aus.

Dienstag früh fangen wir gleich mit Kunst an, das ist mein Lieblingsfach.

Ich habe Papa mal eine Geburtstagskarte zu seinem vierzigsten Geburtstag gemalt. Die Vier habe ich als bunte Schlange gemalt und die Null als bunten Ballon.

Papa hat die Karte lange betrachtet. Papa hat das oft getan, wenn ich ihm etwas selber gemalt oder gebastelt habe. Dann hat er mich immer angesehen, als ob er mich das erste Mal in seinem Leben sieht, und dann mit dem Auge gezwinkert und gesagt: „Wer hätte das gedacht!" Er war sehr glücklich über die Karte und sagte mir, dass ich eine Künstlerin bin und mit meinen Bildern später mal sehr berühmt werden würde.

Seitdem versuche ich, im Kunstunterricht immer ganz besonders gut zu sein, damit ich später mal Künstlerin werden kann. Frau Steffens ist meine Kunstlehrerin und ich mag sie auch am liebsten. Sie lobt immer meine mutige Farbzusammenstellung.

Heute müssen wir noch an unseren Collagen arbeiten. Ich versuche, noch ein paar unterschiedliche Materialien aus der großen Holzkiste zu angeln, damit ich sie noch aufkleben kann. Ich wollte erst zerbrochenes Glas nehmen, weil es aussieht wie Kristall, aber Frau Steffens meinte, es wäre zu gefährlich. So habe ich dann lieber Klarsichtfolie genommen, die sieht auch fast aus wie Kristall.

Die Zeit vergeht im Kunstunterricht immer viel zu schnell. Ich würde gerne den ganzen Tag Kunstunterricht haben und nicht die anderen Fächer alle. Ich bin eigentlich ganz gut in der Schule, aber im Kunstunterricht ist es am schönsten, da kann man herumlaufen und sitzt nicht immer starr auf dem gleichen Fleck.

Ein Glück, dass die Schule für heute vorbei ist. Mein Magen knurrt. Ich habe heute ganz vergessen, mir ein Schulbrot zu schmieren. Das kommt davon, dass ich Mama noch den Tee machen musste.

Ich habe meinen Einkaufszettel in der Hand und nehme mir einen Einkaufswagen. Gut, dass der Laden gleich gegenüber von der Schule ist. So brauche ich nicht weit zu laufen. Im Supermarkt ist alles nicht so teuer, sagt Mama. Aber der ist zu weit entfernt und da muss man auch das Auto nehmen. Mit dem Bus kommt man da gar nicht hin.

Ich versuche, den Wagen zu lenken, aber der fährt immer in eine andere Richtung. Ich muss ganz schön aufpassen, damit ich die anderen Kunden nicht anrempele.

Zuerst hole ich den Kartoffelsalat, der ist bei den Kühlregalen. Eine Pizza finde ich in der Gefriertruhe. Ich nehme eine mit Ananas und eine andere mit Salami drauf, die mag ich auch gerne. Den Sahnepudding und die Milch nehme ich auch gleich mit. Jetzt fehlen nur noch die Schokolade und die Cornflakes. Halt! Die Zahnpasta hätte ich beinahe vergessen. Ich lasse den Wagen einfach stehen und hole mir schnell noch eine Tube. Das ist besser, als den komischen Wagen immer mit mir herumzuschieben.

So, nun habe ich alles, was ich brauche. Ich versuche, die Preise in meinem Kopf zusammenzurechnen. Wie gut, dass wir das Ab- und Aufrunden in der Schule schon durchgenommen haben. Ich glaube, es sind so zwanzig Euro. Ich habe ja über fünfzig dabei. Das wird reichen.

An der Kasse steht noch eine Kühltruhe mit Eiscreme. Soll ich mir ein Eis nehmen? Ich habe ja noch nichts für die Eins in Mathe bekommen. Ich glaube, Mama wird nichts dagegen haben. Ich nehme das Eis mit der Kaugummikugel in der Spitze. Das mag ich am liebsten.

Ich stelle alles auf das Laufband und dann wieder in den Wagen. Ich gebe der Kassiererin das Geld. Es sind doch zweiundzwanzig Euro geworden. Zweiundzwanzig Euro und dreiundsiebzig Cent genau. Aber reichen tut das Geld auf alle Fälle. Ich bekomme dreißig Euro und ein paar Cent wieder.

Ich muss mich beeilen, um alles rechtzeitig zurück in den Wagen zu stellen, denn die Kassiererin fängt schon an, den Mann nach mir dranzunehmen. Ich stelle mich an die Packtische, nehme die schweren Sachen in meinen Rucksack und packe die leichten in eine Tüte, in die ich sonst mein Sportzeug stecke. So kann ich alles besser tragen.

Jetzt muss ich mich aber sehr beeilen. Der Bus kommt gleich, und wenn Mama wach ist, dann macht sie sich bestimmt Sorgen.

An der Bushaltestelle muss ich nur fünf Minuten warten, bis der Bus kommt. Das reicht gerade, um mein Eis aufzuessen. Ich bekomme einen Sitzplatz am Fenster und kann die Tüte auf den Schoß nehmen.

Es ist immer noch so heiß. Ich bin ganz durchgeschwitzt. Ich lege meine Stirn an das kühle Fenster. Das tut gut. Ich höre das Motorengeräusch und spüre das leichte Schaukeln. Ich werde müde. Ich schließe meine Augen einen Moment und lasse mich vom Bus sanft wiegen.

Mit einem Ruck setze ich mich auf. Bin ich eingeschlafen? Wo bin ich? Muss ich nicht aussteigen? Aber es sind noch zwei Haltestellen, bis ich raus muss. Ich setze mich gerade hin und versuche, meine Augen aufzuhalten.

Der Weg von der Bushaltestelle zu unserem Haus ist heute endlos. Es ist so heiß und der Rucksack und die Tüte sind so schrecklich schwer, obwohl ja gar nicht so viel drin ist. Ich muss immer wieder eine kleine Pause machen, damit ich nach Luft schnappen kann.

Vor dem Haus setze ich mich erst mal auf den „Hockerstein". Den habe ich so genannt, weil er fast wie ein Hocker aussieht und genauso bequem ist. Mein Herz klopft ganz doll und der Schweiß läuft mir den Rücken hinunter. Ich schleppe mich die letzten Meter zur Haustür. Klingeln will ich nicht, vielleicht ist Mama ja gerade wieder eingeschlafen. Gut, dass ich den Schlüssel heute Morgen noch eingesteckt habe.

Ich gehe leise in die Küche und stelle die Tüte und meinen Rucksack auf den Tisch. Ich fühle, wie meine Zunge am Gaumen klebt. Ich muss erst mal etwas trinken. Ah, das tut gut! Ich räume die Sachen in den Kühlschrank ein und bringe die Zahnpasta ins Badezimmer.

An Mamas Tür bleibe ich kurz stehen und lausche, aber es ist alles still. Ich setze mich an den Küchentisch und fange mit den Hausaufgaben an. Mama braucht mir fast nie zu helfen. Ich verstehe alles ganz gut. Die vierte Klasse war schwerer für mich, das lag auch daran, dass wir erst hierher gezogen waren. Aber jetzt nach den Sommerferien geht es viel besser.

Mit Mathe fange ich an, danach Sozialkunde und Deutsch mache ich dann zum Schluss. Da müssen wir nur zwei Kapitel vom „Fliegenden Klassenzimmer" lesen. Nur gut, dass ich keinen Computer brauche, um meine Arbeiten zu erledigen. Computer und Handys funktionieren in unserer Einöde nämlich auch nicht.

Ich stecke die Bücher und Hefte zurück in den Rucksack. Dabei fällt mir das Portemonnaie wieder ein. Ich nehme es und den Kassenzettel heraus. Da steht drauf, wieviel alles gekostet hat. Mama schreibt immer alles, was sie einkauft, in ihr Haushaltsbuch hinein. Das sollte ich vielleicht auch tun. Dann kann Mama, wenn es ihr wieder besser geht, kontrollieren, was ich ausgegeben habe.

Ich nehme das Haushaltsbuch aus der Schublade und klappe es auf. Da ist ja noch ein Fünfzig-Euro-Schein drin. Dann kann ich ja noch ein paar Mal einkaufen gehen! Ich stecke den Schein zu den anderen ins Portemonnaie. Insgesamt sind das jetzt mehr als achtzig Euro. So viel Geld hatte ich noch nie! Ich schreibe alle Einkäufe mit den Preisen in das Haushaltsbuch und lege es dann zurück in die Schublade.

Es wird langsam dunkel. Ich werde mal bei Mama reinschauen. Das Zimmer ist unerträglich stickig, aber Mama scheint das nicht zu stören. Sie schläft immer noch tief und fest. Ihren Tee hat sie auch nicht angerührt. Die Fliegen fühlen sich hier ganz wohl, sie sind richtig lästig. Ich werde die

Fliegenklatsche holen und sie alle erschlagen. Mama soll nicht gestört werden.

Ich nehme die Klatsche vom Haken in der Küche und stelle mich an Mamas Bett. Hoffentlich wecke ich sie nicht. Ich erwische drei Fliegen. Eine ist doch so frech und läuft in Mamas Gesicht herum. So eine unverschämte Fliege! Mama merkt das nicht einmal. Ich erwische noch drei. Es fliegen immer noch zwei herum, aber die können von mir aus am Leben bleiben. Ich habe Hunger und mir ist heiß. Ich will erst mal etwas essen.

Ich weiß gar nicht, wie man eine Pizza backt. Ich habe das noch nie gemacht. Vielleicht sollte ich doch lieber etwas vom Kartoffelsalat essen. Aber eigentlich habe ich den für Mama gekauft, damit sie wieder zu Kräften kommt, wenn sie aufwacht.

Ich lese die Aufschrift auf der Packung ganz genau. Was meinen die mit „Vorheizen"? Gibt es auch ein „Nachheizen"? Vielleicht meint „Vorheizen", dass der Ofen schon heiß sein muss, bevor man etwas hinein tut. Ich stelle die Temperatur beim Ofen auf Zweihundert Grad ein und warte ein bisschen.

Ein Licht fängt an zu blinken. Ich weiß nicht, was das bedeutet. Ich glaube, ich esse doch lieber Kartoffelsalat. Das Licht leuchtet plötzlich nur noch und blinkt nicht mehr. Vielleicht versuche ich es doch mal mit der Pizza. Ich öffne vorsichtig die Ofentür und schiebe die Pizza auf einem Backblech in den Ofen. Die muss jetzt zwanzig Minuten drin bleiben. Dann ist sie fertig. Ich habe schon richtig großen Hunger.

Es riecht schon lecker nach Pizza in der Küche. Ich kann durch die Ofentür sehen, wie der Käse schmilzt.

Ich sehe mal, was es im Fernsehen gibt. Heute Abend gibt es eine Quiz-Sendung, die sehe ich gerne.

Die Zeit ist um. Die Pizza ist fertig. Ich nehme mir Mamas Topfhandschuhe. Ganz vorsichtig ziehe ich das Blech heraus. Die Pizza sieht lecker aus. Ich schalte den Ofen aus und mache die Ofentür zu. Das wäre geschafft! Ich schneide die Pizza wie eine Torte. Ein Stück lege ich auf einen Teller. Ich glaube, ich esse vor dem Fernseher

Ich hole mir ein Glas Milch und mache es mir auf dem Sofa bequem. Ich nehme mir noch ein zweites Stück, so gut schmeckt sie. Vielleicht sollte ich Mama eines ans Bett stellen. Der Geruch weckt sie bestimmt und dann merkt sie, wie hungrig sie ist.

Ich nehme einen zweiten Teller und lege ein Stück Pizza darauf. Ich gehe leise zu Mamas Zimmer und öffne vorsichtig die Tür. Ich glaube, ich mache doch lieber das Fenster weit auf. Der Geruch wird immer schlimmer. Wenn Mama wieder gesund ist, dann wird sie sicher erst mal baden wollen. Mama mag es gerne, wenn alles sauber und frisch ist.

Ich stelle den Teller auf den Nachttisch. Komisch, wo kommen bloß die Fliegen wieder her?

Vielleicht fliegen sie ja durch das offene Fenster hinaus. Ich überlege, ob ich Mama noch einen frischen Tee bringen soll, aber ich glaube, sie würde lieber etwas Kaltes trinken, wenn sie nachts wach wird.

Wieder zurück im Wohnzimmer, schaue ich mir noch den Rest der Serie an, die im Fernsehen läuft. Da geht es immer um Liebe und Betrug.

Ich werde noch baden. Ich habe so geschwitzt und ein Bad ist genau richtig. Normalerweise ist bei uns am Samstag Badetag, aber heute mache ich mal eine Ausnahme. Schließlich schleppe ich nicht immer einen so schweren Rucksack mit mir herum, wie ich es heute getan habe.

Ich lasse das Wasser ein und gebe einen kleinen Schuss von Mamas Badeschaum dazu. Das riecht so gut! Ich lasse mich in den Schaum sinken und puste Schaumflocken in die Höhe. Das Wasser ist so angenehm. Ich lege mich gemütlich zurück und schließe meine Augen.

Ich höre das Telefon klingeln, aber ich habe keine Lust, aus der Wanne zu steigen. Dann höre ich ein schnarrendes Geräusch, das vom Anrufbeantworter kommt. Eine Stimme sagt etwas und nach einer Weile höre ich, wie sich der Anrufbeantworter mit einem leisen, knackenden Geräusch ausschaltet. Ich werde später mal hören, wer es war.

Meine Haut ist schon ganz schrumpelig. Es wird Zeit, aus der Wanne zu klettern und sich den Schlafanzug anzuziehen. Ich trockne mich mit dem großen Badehandtuch ab. Vielleicht kann ich etwas von Mamas Creme nehmen. Die riecht so gut nach ihr. Ich reibe beide Arme und Beine damit ein. Dann schlüpfe ich in meinen frischen Schlafanzug. Wenigstens der ist gewaschen.

Ach, herrje! Da fällt mir ein, dass ich für morgen gar nichts zum Anziehen habe. Die ganzen T-Shirts sind in der Schmutzwäsche. Und das T-Shirt von heute kann ich unmöglich noch mal anziehen, das stinkt!

Ich gehe an meinen Schrank und suche nach irgendetwas, was ich morgen tragen könnte. Alles, was ich finden kann und was nicht für den Winter ist, ist mein Sommerkleid, das ich nur bei festlichen Anlässen anziehe. Ich kann auch eines von den schmutzigen T-Shirts nehmen und es dann im Waschbecken waschen. Mit Seife riecht es dann gut und sauber ist es auch. Das ist eine gute Idee!

Ich gehe in die Waschküche und suche nach meinem Lieblings-Shirt. Da ist es ja. Ich suche es nach Flecken ab, aber ich finde keine. Dann nehme ich es mit zur Badewanne, zum Glück habe ich das Wasser noch nicht abgelassen, und wasche es aus. Dann wringe ich das Wasser gründlich aus und hänge das Shirt an den Wäscheständer, der auf der Terrasse steht.

Fast hätte ich vergessen, die Haustür abzuschließen. Das habe ich gestern gar nicht gemacht. Mama sagt immer, dass man nie wissen kann, wer so herumschleicht. Aber eigentlich schleicht hier nur Frau Hinrichs herum und die klingelt immer, wenn sie etwas will. Aber ich werde es mal lieber tun.

Am Schlüsselbrett hängt der kleine goldene Schlüssel, mit dem man den Briefkasten öffnen kann. Er sieht ganz anders aus als die anderen Schlüssel. Er ist so klein, als wäre er ein Kinderschlüssel. Wie der Schlüssel zu einem Märchenschloss, das nur Kinder sehen können. Ich kann ja mal nachschauen, ob wir Post bekommen haben. Ich schnappe mir den kleinen Goldschlüssel und schließe den Briefkasten auf.

Eine Menge Briefe fallen auf die Erde. Ich hebe sie auf und schließe den Briefkasten zu. Die Briefe sind alle für Mama. Einige haben ein Symbol in der Ecke, andere sind einfach nur weiß. Mama bekommt ganz schön langweilige Post!

Ich lege sie auf den Küchentisch. Mama kann sie ja lesen, wenn sie wieder gesund ist.

Die Quizsendung ist schon lange vorbei. Die habe ich verpaßt. Es gibt jetzt gerade einen Krimi. Den sehe ich mir lieber nicht an, sonst bekomme ich noch Angst. Ich horche noch an Mamas Tür, bevor ich ins Bad gehe, um mir die Zähne zu putzen. Mama schläft tief. „Schlaf dich gesund", flüstere ich an ihrer Tür.

Müde gehe ich in mein Zimmer und lege mich ins Bett. Ich überlege, wie lange es wohl dauert, bis Mama wieder gesund ist. Ich hatte mal eine Grippe und die dauerte eine ganze Woche. Also, eine Woche ist ja gar nicht so lang. Aber Mama fehlt mir. Abends lesen wir immer noch eine Gute-Nacht-

Geschichte zusammen. Und wir kuscheln dann noch ein wenig. Jetzt muss ich meine Gute-Nacht-Geschichte alleine lesen. Das macht gar keinen Spaß.

Da fällt mir mein Hoppel ein. Den habe ich von meiner Oma zum zweiten Geburtstag geschenkt bekommen. Der war immer in meinem Bett, bis ich dafür zu groß war. Aber jetzt hätte ich meinen Hoppel gerne wieder im Bett. Wo steckt er bloß? Ich sehe in der Spielkiste nach, aber da ist er nicht. Wo kann er sonst sein?

Da fällt es mir wieder ein: Ich habe ihn oben auf den Schrank gelegt, weil er in der Spielkiste keine Luft bekommt und es dort viel zu voll war. Da ist er ja. Ich nehme ihn vorsichtig an seinen Schlappohren, schüttle ein paar Staubflusen aus seinem Fell und nehme ihn mit ins Bett. Ich lese Hoppel eine Gute-Nacht-Geschichte vor und dann können wir noch kuscheln. Das ist zwar nicht das Gleiche wie mit Mama, aber ähnlich.

Gerade, als ich das Licht ausschalten will, fällt mir Mamas Wecker ein. Ich stehe auf und laufe zu Mamas Zimmer. Ich schleiche mich langsam zu ihrem Bett und nehme den Wecker vom Nachttisch. Es stinkt noch immer sehr im Zimmer. Das offene Fenster hilft da auch nicht viel. Ich schließe die Tür leise hinter mir und laufe zurück in mein Zimmer.

Ich knipse das Licht aus und drücke mein Gesicht ganz fest in meinen Hoppel. Mein Arm riecht nach Mama. Das kommt von ihrer Creme. „Gute Nacht, Hoppel, bis morgen!"

Es ist so warm in meinem Zimmer und der Schlafanzug klebt an meinem Körper. Ich bin schon wach, obwohl der Wecker noch gar nicht geklingelt hat. Ich schalte ihn schnell aus und strecke mich. Hoppel liegt auf meinem Kissen und seine Schlappohren bedecken sein Gesicht. Es sieht so aus, als ob er noch schlafen will. Soll er sich ruhig noch ausruhen. Ich stehe erst mal auf und wasche mich und putze die Zähne.

Im Flur gehe ich an Mamas Tür und horche, ob sich im Zimmer etwas regt. Mama scheint noch zu schlafen. Ich werde ihr einen frischen Tee machen. Aber zuerst ziehe ich mich an.

Das T-Shirt ist auch schön trocken geworden. Ich lasse den Wäscheständer gleich so stehen. Ich muss sicher bald wieder waschen.

Heute Morgen gibt es zum Frühstück Cornflakes mit frischer Milch. Beides gestern gekauft! Ich habe richtig gute Laune. Ich setze das Wasser für Tee auf und wasche ein paar Aprikosen ab. Heute darf ich das Schulbrot nicht vergessen. Am besten mache ich eines mit Marmelade. Ich habe noch gar keinen von den Schokopuddings gegessen. Den kann man ja auch morgens essen. Ich mag den so gerne. Besonders die süße Sahne obendrauf schmeckt lecker.

Ich werfe den leeren Becher in den Mülleimer. Der ist voll. Der Beutel muss in die große Tonne gesteckt werden. Ich ziehe den Beutel an dem roten Band zusammen und gehe damit raus zum Schuppen neben der Garage. Pfui!!! Ein richtiger Fliegenschwarm kommt aus der Mülltonne. Mama hat mal gesagt, dass die Fliegen immer da sind, wo sie ihre Eier besonders gut ablegen können, und das ist meistens dort, wo es warm ist und sie Nahrung finden. Warum dann aber so viele Fliegen in Mamas Zimmer sind, das verstehe ich nicht.

Die Tonne ist fast bis obenhin voll. Wann kommt eigentlich die Müllabfuhr? Ich weiß, dass die Tonne an dem Tag abgeholt wird, an dem ich Sport habe. Ich hatte mal mein Sportzeug vergessen und Mama musste mich dann zur Schule fahren, weil ich den Bus verpasst hatte. Aber der Müllwagen versperrte unsere Ausfahrt und wir mussten warten.

Ich habe Sport immer am Donnerstag und Freitag. Heute ist Mittwoch. Ich gehe zurück zum Haus und überlege. Ich könnte einfach zu Frau Hinrichs gehen und sie fragen, wann die Müllabfuhr kommt. Aber dann will sie sicher wissen, warum Mama das nicht weiß, und will dann bestimmt mitkommen, um mit Mama zu sprechen, und wenn sie dann sieht, wie krank Mama ist, dann will sie sicher helfen. Dabei brauchen wir keine Hilfe. Wir schaffen das alles schon alleine.

Ich habe keine Zeit mehr, mir etwas auszudenken, es wird Zeit, dass ich Mama den Tee bringe
und dann schnell zum Bus laufe.

Es stinkt immer noch im Zimmer und die Pizza
hat sie auch nicht angerührt. Aber die Fliegen sitzen auf der Pizza und lassen es sich schmecken.
Dann lassen sie wenigstens Mama in Ruhe. Ich
lasse die Pizza noch als „Fliegenfalle„ stehen, das
ist besser für Mama.

Ich stecke mein Schulbrot ein und mache mich
auf den Weg. Es ist noch immer heiß und stickig.
Ich muss heute waschen, damit ich etwas zum Anziehen habe.

In der Schule hatten die Lehrer alle schlechte
Laune. Sie haben uns so viele Hausaufgaben
aufgegeben, weil sie keine Lust hatten, bei der Hitze zu arbeiten.

Der Bus ist zum Glück heute nicht so voll. Niemand will bei dieser Hitze im Bus sitzen. Der Weg
zum Haus ist heute besonders lang. Nicht der
kleinste Wind weht.

Ein paar Prospekte schauen aus dem Briefkasten heraus. Ich ziehe sie heraus und zwei Briefe
fallen auf den Boden. Ich hebe sie auf und schließe
die Tür auf. Wieder sind komische Symbole auf
den Umschlägen. Das eine kenne ich schon, davon
hat Mama schon zwei bekommen.

Den Rucksack stelle ich auf den Küchenstuhl.
Erst mal ein Glas Milch. Das tut gut. Ich stehe
vorm offenen Kühlschrank und lasse mich von der

kalten Luft erfrischen. Am liebsten würde ich den Kühlschrank die ganze Zeit auflassen, aber das ist Energieverschwendung. Mama sagt immer, dass alles etwas kostet, nur der Tod ist umsonst.

Ich werde mal lieber nach Mama sehen. Vielleicht geht es ihr ein wenig besser und sie wartet, dass ich ihr etwas bringe. Dann könnte ich ihr auch von meiner Eins erzählen. Ich höre kurz an ihrer Tür, bevor ich sie öffne.

Der Geruch ist immer noch so schlecht. Und die Fliegen sind auch nicht durch das offene Fenster verschwunden. Es scheinen immer mehr zu werden. Ich halte mir die Nase zu. Mama liegt noch immer so da, wie ich sie zugedeckt habe.

Ich gehe leise zu ihr. „Mama, Mama, hörst du mich?", flüstere ich leise. Sie scheint aber zu tief zu schlafen. Ich sehe sie mir genauer an. Sie erinnert mich an die gute Puppe, die Oma hatte. Mit der durfte ich nicht spielen, weil sie zerbrechlich war.

Mama sieht ein bisschen so aus, nur hatte die Puppe keine dunklen Ringe unter den Augen und die Hautfarbe war auch anders. Aber das liegt natürlich an Mamas Krankheit. Ich zupfe die Decke an ihrer Schulter zurecht, aber unter der Decke kommen noch mehr Fliegen hervor.

Das ist ja fast wie im Schuppen. Die Pizza nehme ich besser aus dem Zimmer. Wenn Fliegen dahin kommen, wo es warm ist, und sie etwas zu essen finden, dann sollen sie zusehen, wo sie sonst noch Pizza finden können. Bei uns gibt es Nichts mehr. Ich sprühe etwas von Mamas Parfüm in die

Luft. Vielleicht riecht es dann bald besser. Das Fenster lasse ich noch auf, sodass die Fliegen wissen, wohin sie zu fliegen haben.

Ich schließe die Tür hinter mir und gehe in die Küche. Den Rest von der Pizza, den ich gestern nicht mehr essen konnte, kann ich mir in der Mikrowelle warm machen. Wie lange muss die wohl drin bleiben? Ich stelle mal auf eine Minute. Ich nehme mir ein Glas Wasser. Ich darf nicht so viel Milch trinken, der halbe Karton ist schon wieder leer. Mit der Pizza und dem Glas Wasser setze ich mich an den Küchentisch.

Ich überlege, was ich heute noch machen muss. Also Hausaufgaben, waschen und herausbekommen, wann die Müllabfuhr kommt. Ich kann den leeren Eimer von den Aprikosen zu Frau Hinrichs bringen und sehen, ob ihre Tonne vor der Tür steht. Das will ich gleich mal machen. Ich nehme den Eimer und schütte die restlichen Aprikosen in eine große Schale. Da sind schon einige verschimmelt. Die Restlichen lege ich lieber in den Kühlschrank. Dann mache ich mich auf den Weg.

Frau Hinrichs öffnet mir in ihrer Kittelschürze die Tür und fragt, wie es Mama geht. „Viel besser", lüge ich. Frau Hinrichs scheint beruhigt. „Ja, die Aprikosen sind lecker. Mama hat sogar eine Torte gebacken, sie bedankt sich recht herzlich", erzähle ich weiter. Es macht mir gar nichts aus, Frau Hinrichs anzulügen. Das ist der einzige Weg, um sie fernzuhalten.

Ich gehe zurück zu unserem Haus. Leider kann ich keine Mülltonne sehen. Aber vielleicht stellt Frau Hinrichs sie erst spät am Abend raus oder aber ihre Tonne ist nicht so voll und sie stellt sie erst nächste Woche raus. Das wäre aber nicht gut. Unsere Tonne muss geleert werden. Wenn ich sie heute rausstelle, die Müllabfuhr aber erst am Freitag kommt, dann wird Herr Hinrichs seine Frau fragen, warum wir unsere Tonne so früh rausstellen, denn der fährt immer an unserem Grundstück vorbei, wenn er zur Arbeit muss. Und dann kommt Frau Hinrichs, weil sie denkt, etwas ist nicht normal. Ich werde einfach versuchen, das Haus von Hinrichs zu beobachten, und wenn sie ihre Tonne rausstellen, dann mache ich das auch ganz schnell.

Wie kann ich aber das Haus am besten sehen? Papa hat doch das Fernglas. Ich werde versuchen, das Haus von Hinrichs von meinem Fenster aus zu beobachten.

Ich gehe in den Schuppen und nehme das staubige Ding vom Haken. Ich muss versuchen, es sauber zu machen. Es ist richtig schmierig. Mit Seife und warmem Wasser bekomme ich es ganz gut hin. Ich laufe in mein Zimmer und versuche, das Haus zu sehen. Alles ist verschwommen. Ich kann gar nichts erkennen. Unten ist ein kleines Rad, wenn ich an dem drehe, dann verändert sich etwas. Das Bild wird immer klarer. Und schon erkenne ich Frau Hinrichs in ihrer Kittelschürze.

Sie arbeitet im Vorgarten. Ich kann sogar das Muster auf ihrer Schürze klar erkennen.

Ich lasse das Fernglas auf meiner Fensterbank. Ich muss noch waschen und Hausaufgaben machen. Als Erstes fange ich mit Mathe an, das ist das meiste. Ich kann gar nicht denken, weil es so heiß ist. Aber fertig werde ich dann doch. Ich will mich erst mal etwas ausruhen. Ich hole mir die Milch aus dem Kühlschrank und kühle mich ein bisschen vor der offenen Kühlschranktür ab. Hier sind keine Fliegen, obwohl es darin etwas zu essen gibt. Aber hier wird es ihnen zu kalt sein. Vielleicht hätte Mama mehr Ruhe vor ihnen, würde sie im Kühlschrank schlafen. Ihre Haut ist zwar kalt, aber so, wie sie stinkt, muss sie schwitzen.

Ich stelle die Milch zurück und schließe die Tür. Mama kann unmöglich im Kühlschrank schlafen. Das wäre ja viel zu unbequem. Wer kann denn schon im Stehen schlafen? Das ist eine dumme Idee, Samira!

Ich werde ein paar Kekse essen, die ich noch im Schrank gefunden habe, und dann ein bisschen Fernsehen gucken, bevor ich mit Gemeinschaftskunde anfange. Morgen muss ich eigentlich wieder einkaufen gehen. Die Milch ist fast alle. Ich werde gleich zwei oder drei Pakete kaufen. Dann habe ich einen Vorrat. Kekse muss ich auch kaufen. Diese sind schon so weich.

Langsam wird es draußen dunkel. Ich muss Hinrichs Haus noch mal durch das Fernglas überprüfen, bevor es so dunkel ist, dass ich nichts mehr sehen kann. Ich laufe in mein Zimmer. Aber ich kann keine Tonne sehen. Vielleicht stellt Frau Hinrichs sie auch erst morgen ganz früh vor die Tür. Dann muss ich gleich, wenn der Wecker klingelt, noch mal nachschauen.

Ich fange jetzt besser mit Gemeinschaftskunde an, sonst schaffe ich gar nichts mehr. Lesen muss ich auch noch zwei Kapitel im Buch für Deutsch. Ich muss das Licht anschalten, sonst kann ich die Buchstaben gar nicht mehr erkennen. Die Fliegen versuchen, durch das geschlossene Fenster hinauszufliegen. Ihr Summen ist das einzige Geräusch im Haus. Noch nicht mal das Ticken der Küchenuhr ist zu hören. Ich muss Fragen auf einem Arbeitsblatt beantworten. Das ist nicht schwer.

Da fällt mir wieder die Mülltonne ein. Ich muss versuchen, etwas zu sehen, solange es noch hell ist. Ich nehme das Fernglas und versuche, das Haus von Hinrichs zu erkennen. Die Fenster sind erleuchtet, aber eine Mülltonne kann ich nicht sehen. Etwas enttäuscht bin ich doch. Ich gehe wieder in die Küche.

Am Anrufbeantworter blinkt noch immer das rote Licht. Ich habe ja ganz vergessen, dass gestern jemand angerufen hat. Ich drücke auf den Abspielknopf. Es ist Tante Marie, Mamas Schwester. Sie fragt, wie es uns so geht, und sagt, dass wir uns mal wieder melden sollen. Tante Marie mag ich. Sie ist nicht verheiratet und Kinder hat sie auch nicht. Mama hat mal gesagt, dass Tante Marie mit ihrem Beruf verheiratet ist. Das stelle ich mir aber ein bisschen langweilig vor. Tante Marie ist Krankenschwester und arbeitet mal am Tag und manchmal nachts. Wahrscheinlich ist es gar nicht einfach, da einen Mann zu finden, und da hat sie sich lieber gleich mit ihrer Arbeit verheiratet. Ich will lieber später am Tag arbeiten und einen richtigen Mann heiraten.

Tante Marie und Mama mochten sich sehr. Aber das hat sich geändert, als Oma starb. Da haben sie laut am Telefon gesprochen und manchmal hat Mama gar nicht nett über Tante Marie zu Papa geredet. Und dann hat sie nicht mehr mit Tante Marie telefoniert. Das hat sie erst wieder getan, als Papa ein Engel war und Mama so krank wurde.

Sie kam auch mal zu uns und hat lange mit Mama gesprochen. Tee haben sie getrunken und eine Tafel Schokolade habe ich von Tante Marie bekommen. Danach ist sie wieder nach Hause gefahren. Seitdem ruft Tante Marie manchmal wieder an. Mama aber nie.

Ich hole mir noch ein Glas Wasser. Es ist stockdunkel draußen. Jetzt könnte ich auch keine Mülltonne mehr erkennen. Deutsch kann ich vielleicht im Bett machen, dann lese ich Hoppel eben die Geschichte aus meinem Deutschbuch vor.

Ob ich Tante Marie anrufen soll? Aber dann will sie bestimmt mit Mama sprechen, und wenn ich sage, sie ist krank, dann will sie bestimmt vorbeikommen und uns helfen. Nein, wir brauchen keine Hilfe!

Ach, ich habe ganz vergessen, dass ich noch waschen wollte. Schnell laufe ich in die Waschküche und nehme mir meine drei Lieblings-T-Shirts aus der Schmutzwäsche. Eines hat einen roten Fleck mitten auf dem Bauch. Ich lasse warmes Wasser in das Spülbecken in der Küche laufen und nehme etwas Pril. Dann tauche ich die Shirts ins Wasser. So, da können die erst mal einweichen.

In der Zwischenzeit gucke ich mal nach Mama. Das Zimmer stinkt ganz scheußlich und die Fliegen verschwinden auch nicht. Eine krabbelt Mama sogar über die Nase und hat es gar nicht eilig. Ich verscheuche sie. Was soll ich nur tun?

Ich ziehe vorsichtig die Decke über Mamas Gesicht, damit die Fliegen sie nicht mehr stören können, und nehme ihre volle Tasse mit kaltem Tee mit nach unten. Am besten wäre Mama wirklich irgendwo aufgehoben, wo es kälter ist und geschützter. Aber wo sollte das sein?

Ich spüle noch schnell die T-Shirts aus, die noch immer im Waschbecken schwimmen und hänge sie an den Wäscheständer. Es ist schon fast neun Uhr. Ich muss jetzt ins Bett und mein Buch lesen. Vielleicht fällt mir ja morgen eine Lösung für Mama ein.

Ich wache auf. Es ist ganz dunkel. Wo ist mein Hoppel? Warum bin ich wach geworden? Hat mich ein Geräusch geweckt? Hat Mama gerufen? Ich springe aus dem Bett und horche an ihrer Tür. Aber da ist alles ruhig. Ich öffne die Tür. Ich halte mir die Nase zu. Es stinkt noch immer. Ich schalte das Licht an und gehe ans Bett. Mama liegt unverändert da. Aber warum bin ich wach geworden? Was hat mich aus dem Schlaf gerissen? Plötzlich zuckt ein Blitz am Himmel. Nur ganz kurz. Nach einer Weile höre ich einen dumpfen Schlag. Ein Gewitter hat mich geweckt. Ich knipse das Licht in Mamas Zimmer aus und gehe zurück in mein Bett. Ich habe keine Angst vor Gewitter, nur, wenn es direkt über dem Haus ist.

Ich habe früher mit Papa immer die Sekunden gezählt, um zu bestimmen, wie weit es noch entfernt war. Vielleicht regnet es ja auch, das wäre schön. Ich öffne mein Fenster. Die Luft ist aber immer noch stickig.

Ich nehme meinen Hoppel in den Arm, damit er keine Angst hat. Ich zähle die Sekunden zwischen dem Blitz und dem Donner. Das Gewitter kommt immer näher. „Hoppel, du brauchst keine Angst zu haben, ich bin ja bei dir!" Ich ziehe mir die Decke über den Kopf, so brauche ich den Blitz nicht mehr zu sehen. Ich höre Regentropfen auf die Erde platschen. Schnell schließe ich mein Fenster. Der Regen wird immer stärker und trommelt jetzt an meine Scheibe. Habe ich bei Mama das Fenster zugemacht? Ich will jetzt aber nicht nachsehen. Das kann ich auch später tun.

Auf der Uhr ist es drei. Es sind noch drei Stunden, bis der Wecker klingelt. Ich muss versuchen, ganz schnell einzuschlafen. Die Regentropfen klopfen laut an mein Fenster, fast so, als ob sie hineinwollten, um sich drinnen im Haus selber vor dem Unwetter zu schützen. Der Wind treibt die Tropfen in Böen gegen die Scheibe. Ich halte meinen Hoppel ganz fest. Ich glaube, er zittert ein wenig.

Ich kneife meine Augen ganz fest zu, vielleicht geht es dann mit dem Einschlafen schneller. Aber der Regen schlägt so laut gegen das Fenster, dass ich es selber unter der Decke hören kann. Hoffentlich bleibt die Fensterscheibe ganz! Es wäre schön, wenn der Regen die Hitze etwas abkühlen ließe und endlich frische Luft ins Haus wehen würde. Gerade auch in Mamas Zimmer.

Wie lange sie wohl noch krank sein wird? Eine Erkältung dauert immer so eine Woche, aber Mamas Krankheit ist etwas anderes. Wenn sie wieder ihre alte Krankheit hat, dann kann das ganz schön lange dauern. Das letzte Mal hat es Monate gedauert, bis sie wieder gesund war. Ich glaube, dass Tante Marie sogar vorgeschlagen hatte, dass ich eine Zeit bei ihr wohnen sollte. Aber Mama wollte das auf gar keinen Fall. Ich blieb bei Mama und manchmal kam eine Frau, die wissen wollte, wie es Mama und mir ging. Und dann bekam Mama vom Arzt andere Tabletten und die machten sie wieder gesund.

Mensch! Die habe ich ja ganz vergessen! Ich muss nachschauen, ob da noch welche von den Tabletten im Medizinschrank sind. Dann kann ich ihr vielleicht eine in den Mund stecken und dann wird sie ganz schnell wieder gesund.

Ich kann es kaum erwarten, bis das Gewitter vorüber ist, ich will lieber mit Hoppel noch unter der Decke bleiben, dann fühlt er sich sicherer! Der Regen tropft nur noch gleichmäßig auf die Erde und den Donner höre ich nur noch sehr leise.

Ich springe aus dem Bett und knipse das Licht an. Im Badezimmer hängt der Medizinschrank. Eigentlich ist der für mich streng verboten, aber wenn kein Erwachsener da ist, dann muss es eben mal eine Ausnahme geben. Ich suche nach der richtigen Pillenschachtel. Ich weiß noch, dass sie ein Zeichen hatte, das mich an einen Regenbogen erinnerte. Ich dachte, dass das ein gutes Zeichen ist. Ein Regenbogen ist immer etwas Fröhliches. Und wirklich machten die Tabletten aus der Schachtel Mama wieder gesund. Da sehe ich sie. Es sind noch fünf Tabletten da. Ich nehme eine heraus und gehe zu Mamas Zimmer.

Das Fenster ist offen gewesen und auf der Fensterbank macht sich eine große Pfütze breit. Es riecht etwas besser im Zimmer als vorher. Wenn die Luft frischer riecht, dann ist das sicher auch besser für Mama.

Ich nehme die Tablette und stecke sie Mama zwischen die Lippen. Ich will ihr den Mund nicht weiter öffnen, damit sie nicht wach wird. Die Tablette kann sich auflösen und dann wird Mama wieder gesund. Zufrieden gehe ich zurück in mein Bett.

Es ist ganz sonnig in meinem Zimmer, als ich aufwache. Ich strecke mich aus und suche Hoppel. Da liegt er ja, ganz in die Ecke gequetscht. Ich lege ihn auf mein Kissen und decke ihn mit meiner Decke zu. Wie spät ist es denn?

Ich schaue auf den Wecker. Was ist das? Auf dem Wecker ist es Viertel nach neun. Das kann doch gar nicht sein! Ich habe verschlafen! Was mache ich nur? Mama kann mich nicht zur Schule fahren. Wie komme ich denn jetzt bloß zur Schule? Der nächste Bus fährt erst um halb elf und dann bin ich nur noch für eine Doppelstunde Musik rechtzeitig dort.

Mein Herz klopft ganz stark in meiner Brust und mir wird ganz heiß. Was soll ich denn nur tun? Ich schaue erst mal bei Mama hinein. Vielleicht ist sie ja schon wieder gesund, nachdem ich ihr die Tablette gegeben habe.

Ich öffne ihre Tür, aber sie schläft noch immer tief und fest. Ich gehe in die Küche. Vielleicht ist der Wecker auch stehen geblieben und es ist noch gar nicht so spät. Aber auf der Küchenuhr ist es auch nicht früher. Ich habe wirklich verschlafen.

Ich kann ja morgen in der Schule sagen, dass ich krank war. Aber wenn ich krank bin, dann muss ich eine Entschuldigung für Herrn Lindemann haben. Das ist mein Klassenlehrer, und wenn ich krank bin, dann schreibt Mama immer einen Zettel für Herrn Lindemann. Aber Mama kann im Moment gar nichts schreiben, weil sie dafür zu krank ist. Wenn ich Herrn Lehmann sage, dass Mama zu krank zum Schreiben ist, dann macht er sich bestimmt Sorgen und will mit Mama sprechen oder kommt vielleicht sogar vorbei. Das können wir gar nicht gebrauchen. Mama braucht ihre Ruhe. Was soll ich denn bloß machen?

Zuerst werde ich mal frühstücken, dann fällt mir vielleicht etwas ein. Ich mache einen frischen Tee für Mama. Milch trinke ich heute lieber nicht. Ich habe nicht mehr viel übrig und einkaufen kann ich heute nicht gehen. Das wäre nicht gut, wenn ich beim Einkaufen noch jemanden aus der Schule treffen würde. Also esse ich Toastbrot mit Marmelade. Aber ohne Butter, denn die ist jetzt auch alle.

Ich höre ein Geräusch an der Tür. Wer kann das sein? Läuft Frau Hinrichs etwa ums Haus? Ich gehe leise zur Haustür und lausche. Ich höre eine Autotür schlagen und dann ein Motorengeräusch. Ich laufe schnell zum Küchenfenster und sehe gerade noch das Postauto um die Ecke verschwinden. Ich atme erleichtert auf. Es war nur der Postbote. Ich nehme den kleinen goldenen Schlüssel vom Haken und gehe vor die Tür.

Schwüle Luft schlägt mir entgegen. Ich kann kaum atmen, so feucht ist es draußen. Der Regen hat die Luft nicht abgekühlt, nein, ganz im Gegenteil, er hat es nur heißer und die Luft feuchter gemacht.

Aus dem Briefkasten ragen ein paar Werbeblätter. Ich ziehe sie heraus und öffne mit dem „Zauberschlüssel" den Briefkasten. Vier Briefe in langen rechteckigen Umschlägen liegen im Kasten. Ich nehme sie heraus und schließe die Klappe. Ich sehe mir die Briefe genauer an. Auf zwei Briefen ist wieder das Symbol, das ich schon auf den anderen Briefen gesehen habe. Auf einem Brief ist ein anderes Symbol, das ich noch nicht kenne. Auf dem letzten ist gar nichts. Nur Mamas Name und unsere Adresse. Noch nicht mal ein Absender ist darauf.

Die Briefe lege ich zu den anderen. Ich zähle vier mit dem gleichen Symbol und zwei gleiche mit einem anderen. Wenn Mama wach wird, dann kann sie alle Briefe erstmal lesen.

Ich nehme Mamas Tasse und bringe sie in ihr Zimmer. Die Luft im Zimmer ist so schlecht, dass mir ganz übel wird. Nur den Fliegen scheint das nichts auszumachen. Ich halte die Luft an und stelle Mamas Tasse auf den Nachttisch, die Tasse mit dem kalten Tee nehme ich mit in die Küche. Schnell schließe ich die Tür hinter mir. Ich atme tief ein. Wie soll Mama nur gesund werden, wenn es so stinkt? Es riecht so schlecht dort, dass ich gar nicht mehr gerne hineingehe.

Ich nehme mir den letzten Pudding aus dem Kühlschrank. Das ist angenehm. So schön kühl. Ich stehe etwas länger dort und kühle mich ab. Wäre es doch nur so kühl bei Mama im Zimmer. Dann würde sie bestimmt schnell gesund werden.

Der Mülleimer ist voll. Ich muss die Tüte in die große Tonne stecken. Ich nehme sie heraus und binde sie mit der Schlaufe zu. Das ist sehr praktisch. Die großen Tonnen für Restmüll und den

Gelben Sack stehen in einem Schuppen an der Garage. Früher waren die Tonnen in der Garage, da konnte man sie auch besser hin und her schieben. Aber seit Papa dort ein Engel wurde, hat Mama die Tonnen dort herausgenommen.

Auch ihr Auto hat sie nicht mehr in der Garage geparkt, sondern es immer davor gestellt. Niemand von uns ist seitdem wieder in die Garage gegangen. Mama hat das Tor verschlossen und den Schlüssel so weit weggehängt, dass ihn keiner mehr finden kann. Ich wollte mal in die Garage gehen, nur um zu gucken, ob Papa noch da war, aber Mama sagte, dass niemand mehr darin ist und niemand jemals wieder in die Garage gehen würde. Und das war auch so. Denn die Tür war verschlossen.

Das Gras ist ganz nass und auf dem Sandweg haben sich große Pfützen gebildet. Ich passe auf, dass ich keine nassen Füße bekomme. Papa wollte den Weg immer mit Steinen pflastern, aber er hat es nicht mehr geschafft.

Ich klappe den Deckel von der großen Tonne auf und ein Schwarm Fliegen schwirrt um mich herum. Das ist ekelig! Fast so wie in Mamas Zimmer.

Ich gehe schnell aus dem Schuppen heraus. Die Müllabfuhr kommt dann ja wohl am Freitag, dann muss ich die Tonnen sowieso heute an die Straße stellen. Ich werde sie am besten schon mal vor den Schuppen ziehen, dann brauche ich da heute nicht noch mal später hineinzugehen.

Die Tonnen sind nicht so schwer. Aber trotzdem lassen sie sich nur mit einem Ruck über die kleine Schwelle der Schuppentür ziehen. Aber wenigstens muss ich meinen Kopf nachher nicht noch mal in einen Fliegenschwarm stecken, um die Tonnen herauszuziehen.

Mein T-Shirt klebt an mir. Ich habe gar nicht gemerkt, dass ich noch meinen Schlafanzug anhabe. Aber das ist auch egal. Ich bleibe ja heute zu Hause und außerdem sieht es dann auch wirklich so aus, als wäre ich krank.

Ich glaube, ich esse heute zu Mittag den Kartoffelsalat. Wenn es Mama besser geht, dann kaufe ich einfach wieder welchen.

Zuerst werde ich aber erst mal aufräumen. Der Schlafanzug müsste auch gewaschen werden. Das wäre viel einfacher, wenn ich die Waschmaschine benutzen würde. Warum habe ich bloß nie besser zugeschaut, wenn Mama gewaschen hat?

Na ja, dann muss ich eben wieder die Sachen im Waschbecken waschen.

Ich nehme mir eines von den frisch gewaschenen T-Shirts vom Wäscheständer, aber es ist völlig nass. Die Sachen waren über Nacht im Regen und bei dem feuchten Wetter werden sie nicht trocknen. Dann stecke ich sie lieber in den Trockner . Wie man den bedient, das weiß ich. Das habe ich schon mal gemacht. Mama war zwar dabei, aber das war nicht schwer. Das schaffe ich auch alleine.

Ich behalte den Schlafanzug lieber erstmal an, sonst habe ich nichts anzuziehen. Ich nehme das

Shirt und die Hose von gestern, angle ein paar Unterhosen aus der Schmutzwäsche und nehme alles zusammen mit in die Küche. Ich lasse heißes Wasser ins Waschbecken und hole aus der Waschküche einen Messbecher mit Waschpulver. Es schäumt ganz schön. Ich lasse es am besten erst mal einweichen, dann geht der Schmutz besser raus.

In meinem Zimmer mache ich mein Bett. Die Bettwäsche riecht alt. Ich müsste mein Bett auch frisch beziehen. Das macht ganz schön viel Arbeit. Ach was, ich warte damit noch. Vielleicht mache ich das morgen. Ich schüttle die Decke auf und setze meinen Hoppel auf das Kissen. Ich schwitze schon wieder.

Das Wohnzimmer ist eigentlich noch ganz sauber. Ich schüttle die kleinen Kissen vom Sofa auf und platziere sie in den Ecken. Es sieht alles sauber aus.

Nun könnte ich auch etwas Kartoffelsalat essen. Ich nehme mir ein Glas Wasser und stehe ein paar Minuten vor dem offenen Kühlschrank. Das tut gut! Der Kartoffelsalat schmeckt sehr gut. Ich habe noch eine Hälfte für morgen. Den werde ich mir wieder kaufen. Da brauche ich auch den Backofen nicht vorzuheizen. Das macht die Küche nur noch viel wärmer.

Nun fange ich an, die Wäsche gut durchzukneten. Ich lasse das schmutzige Wasser ab und kaltes Wasser nachlaufen, damit nicht so viel Waschpulver in der Wäsche bleibt. Das macht nämlich alles so knitterig.

Ich hole den Eimer aus der Waschküche und lege die nasse Wäsche hinein. Dann werfe ich alles in den Trockner und stelle den Schalter auf „Ultradry". Ich setze mich auf die kühlen Fliesen auf der Erde und beobachte, wie der Trockner die Wäsche in der Trommel lustig herumwirbelt. Ich lehne mich zurück und schließe kurz meine Augen. Ich bin richtig stolz auf mich. Mama wird auch beeindruckt sein, wenn ich ihr das erzähle. Vielleicht guckt sie mich dann auch so an wie Papa, wenn ich ihm etwas Selbstgemachtes geschenkt habe.

Ich bin ganz schön müde. Vielleicht finde ich etwas Weiches, worauf ich mich setzen kann. Ich greife in den Korb mit der Schmutzwäsche und ziehe einen Pullover von Mama heraus. Ich ziehe ihn am Ärmel, aber er will nicht rauskommen. Ich knie mich vor den Korb und versuche, ihn mit beiden Händen zu befreien. Dabei rutscht meine linke Hand aus und schlägt an eine Kante. „Au"! Das hat wehgetan. Ich reibe mein Handgelenk. Was ist eigentlich unter der großen Decke? Ich dachte immer, es wäre ein Tisch. Ich ziehe an der Decke, die darüberliegt, und zum Vorschein kommt eine Kühltruhe.

Ich erinnere mich, dass Papa die von Herrn Hinrichs abgekauft hatte. Der wollte sich eine größere kaufen und Papa sagte, dass sie für uns gerade richtig wäre. Mama sagte aber, dass wir gar keine bräuchten und dass es herausgeworfenes Geld wäre. Papa wollte nicht mit Mama streiten, darum hatte er die Truhe bestimmt unter der Decke versteckt, um zu warten, bis sie wieder besser gelaunt war. Gebraucht haben wir sie wirklich nie. Mama hat einen kleinen Gefrierschrank, in dem sie alles unterbringt, was wir brauchen.

Da kommt mir eine Idee! Wie wäre es, wenn Mama in der Kühltruhe liegen würde und die Fliegen sie nicht mehr belästigen könnten? Da hätte sie es auch frischer. Ich sehe mir die Truhe genauer an. Würde Mama überhaupt dort hineinpassen? Vielleicht könnte sie etwas aufrecht sitzen, was nicht so unbequem wäre, wenn ich ein Kissen hinter ihren Kopf legen könnte. Ich finde die Idee richtig gut. Dann würde es ihr sicher bald besser gehen. Ohne Fliegen und ohne diese unerträgliche Hitze.

Aber ob die Truhe überhaupt funktioniert? Ich versuche, die Truhe vorzuziehen. Sie lässt sich einfach bewegen. Ich kann kleine Rollen an den Ecken erkennen. Hinten hängt an einem Kabel der Stecker. Ich ziehe das Kabel länger und stecke den Stecker in die nächste Steckdose, die ich finden kann.

Ein leises Summen ertönt. Die Truhe ist nicht kaputt. Sie funktioniert. Ich bin ganz aufgeregt.
Ich nehme die staubige Decke von der Truhe und öffne den Deckel. Alles leer. Es sieht so aus, als ob Mama darin wirklich genug Platz hätte.

Mit größter Vorsicht schiebe ich die Truhe von der Waschküche in die Küche, ohne dabei Kratzer am Türrahmen zu hinterlassen. Dann geht es weiter durch den Flur bis zu Mamas Tür. Ich öffne ihre Tür und dieser schreckliche Gestank schlägt mir entgegen. Pfui!

Die Fliegen weigern sich, das Zimmer zu verlassen und lieber in der frischeren Luft draußen herumzuschwirren. Ich schiebe die Truhe vorsichtig an Mamas Bett. Die Truhe ist viel höher als Mamas Bett. Wie soll ich Mama denn da bloß hineinbekommen? Wenn Papa hier wäre, dann könnte er Mama auf den Arm nehmen und sanft in die Truhe heben. Aber ich habe gar nicht soviel Kraft. Ich setze mich auf den Boden und versuche, mir einen Plan zu auszudenken.

Zum Glück ist Mama nicht dick, sondern eher dünn. Vielleicht sollte ich versuchen, sie in die Truhe zu rollen? Aber wie kann ich das am besten tun? Ich muss versuchen, sie höher zu heben, denn die Truhe kann ich nicht niedriger machen. Wenn ich versuche, sie mit dem Laken herüberzurollen, dann kann ich versuchen, sie über die Kante zu schieben. „Mama, keine Angst, ich bin ganz vorsichtig!"

Ich ziehe erst mal das Laken an den Ecken aus dem Bett. Dann decke ich die eine Hälfte vorsichtig über Mama. Ich stelle mich jetzt auf die andere Seite der Truhe und ziehe das Laken in meine Richtung. Mama rollt sich im Laken auf den Bauch. Ich warte einen Moment, um zu warten, ob sie aufwacht, aber sie bleibt ganz still auf ihrem Bauch liegen. Ich ziehe sie mehr und mehr in Richtung Truhe, nun liegt sie an der Kante.

Ich ziehe sie vorsichtig weiter, aber plötzlich rollt die Truhe weg. Ich kann sie gerade noch mit dem Fuß stoppen. Das tut weh!

Fast wäre Mama vom Bett gefallen. Ich schwitze. Alle Sachen kleben an mir. Sogar das Haar klebt in meinem Gesicht.

Ich nehme einen Stuhl und stelle ihn zwischen die Truhe und die Wand. So kann die Truhe nicht mehr wegrollen. Ich warte einen Augenblick, damit ich wieder genug Kraft habe. So, nun noch einmal.

Ich ziehe das Laken mit Mama zur Kante der Truhe. Ich habe nicht genug Kraft, um das Laken hochzuziehen, damit Mama über die Kante in die Truhe rollen kann.

Ich fange an zu weinen. „Warum muss Mama nur so krank sein? Warum kann Frau Hinrichs nicht krank sein und Mama gesund? Warum musste Papa nur ein Engel werden?" Die Tränen sind nicht aufzuhalten. Sie laufen genauso unaufhaltsam wie die Regentropfen in der letzten Nacht über die Fensterscheibe. Ich setze mich auf die Erde und lege meinen Kopf auf die Arme. Das Schluchzen lässt meinen Körper vibrieren wie bei einem Erdbeben, aber das ist mir egal. So wird Mama nie gesund.

Ich wische die Tränen weg und überlege. Ich müsste Mama auf etwas drauf legen, damit sie so hoch liegt wie die Kante der Truhe. Ich sehe mich im Zimmer um, kann aber nichts entdecken. Am besten lege ich mich unter Mama und versuche, sie mit einem „Katzenbuckel" über die Kante der Truhe zu drücken. Ich lege mich auf das Bett neben die im Laken verhüllte Mama. Mama stinkt wirklich sehr. Ich muss mir die Nase zuhalten. Das Erste, was sie wahrscheinlich machen will, wenn sie wieder gesund ist, ist, zu baden.

Ich schiebe mich langsam Stück für Stück mit meinem Rücken unter Mama. Zuerst schiebe ich sie nur gegen die Truhe, aber dann schaffe ich es doch und schiebe mich Stück für Stück unter Mamas Körper. Obwohl ich meine Nase zuhalte und mein Gesicht auf die Matratze gerichtet ist, kann ich Mama immer noch riechen.

Mir wird ganz schlecht von dem Gestank. Jetzt bin ich ganz unter ihr. Ich muss einen Moment ausruhen, ich bin ganz außer Atem. Ich hole vorsichtig Luft, denn der Gestank ist so widerlich. Ich habe wieder den Geschmack vom Kartoffelsalat in meinem Mund, nur diesmal schmeckt er scheußlich. Ich versuche, ihn in meinem Magen zu behalten. Ich will mich nicht übergeben. Ich versuche, gleichmäßig zu atmen, das beruhigt meinen Magen etwas.

Nun versuche ich, meinen Rücken krumm zu machen, als wenn ich eine Katze wäre, und so die Kante der Truhe zu erreichen. Ich versuche es immer wieder. Plötzlich ist mein Rücken ganz leicht und ich höre einen dumpfen Schlag. Das Laken ist fort. Ich bleibe einen Moment reglos liegen. Mein Herz rast und ich höre mein Blut in den Ohren rauschen.

Ich schaue in die Truhe und bekomme einen Schreck. Mama liegt in der Truhe, aber das Laken ist von ihrer Schulter gerutscht und ich sehe einen großen Bluterguss. Darum hat Mama sich hingelegt. Sie ist gestürzt und auf ihren Rücken gefallen. Und dann kam ihre alte Krankheit zurück. Wie gut, dass sie jetzt an einem kühlen Platz ist, denn einen Bluterguss muss man ja kühlen!

Ich sehe mir Mama genauer an. Sie liegt halb auf der Seite und ihr rechter Arm ist komisch verdreht. Das sieht nicht sehr bequem aus und in der Truhe kann ich sie nicht bewegen. Wenn ich ihr ein Kissen unter den Kopf lege, ist es bestimmt etwas besser. Am besten hole ich eines aus dem Wohnzimmer, die sind nicht zu groß und trotzdem weich.

Ich laufe schnell ins Wohnzimmer und nehme eines vom Sofa. Vorsichtig lege ich es unter ihren Kopf. Ich streiche ihr eine Strähne aus dem Gesicht. Wie zart sie aussieht. Jetzt wird es viel bequemer für Mama. Aber vielleicht sollte sie noch eine Wolldecke bekommen. Sie soll sich ja nicht erkälten. Ich nehme die, die auf Mamas Bett liegt, und decke sie damit zu. Ob ich den Deckel ganz zumachen soll? Vielleicht bekommt Mama Angst, wenn sie aufwacht und alles ist dunkel. Sie hat ja keine Ahnung, wo sie jetzt schläft.

Ich werde ihr einfach eine Taschenlampe in die Truhe legen. Dann kann sie sehen, wo sie ist, wenn sie aufwacht, und den Deckel ganz einfach öffnen.

Ich hole die Taschenlampe aus meinem Zimmer und lege sie Mama auf den Schoß. So, nun ist Mama richtig gut untergebracht.

Vorsichtshalber klemme ich doch noch lieber das schmale Buch von Mamas Nachttisch unter den Deckel, damit sie wenigstens etwas frische Luft bekommt. Durch den kleinen Lichtstrahl findet sie dann die Taschenlampe auch viel leichter.

Den Stecker stecke ich in die Steckdose neben ihrem Nachttisch und stelle die Truhe auf „ein". Das müsste reichen. Die Skala geht bis drei, aber wenn ich sie auf „eins" stelle, wird das sicher reichen.

Mit einem leisen Summen fängt die Truhe an zu arbeiten. Ich nehme Mamas Tee mit in die Küche und bereite ihr einen frischen Tee zu. Jetzt, wo sie an einem kühleren Platz ist, braucht sie erst recht etwas Warmes, wenn sie aufwacht!

Ich habe die Wäsche im Trockner ganz vergessen. Ich nehme mir ein frisches T-Shirt heraus und ziehe es an. Das Durchgeschwitzte kommt in die Schmutzwäsche. Ist das nicht komisch? Das ist ein richtiger Kreislauf. Ich habe immer noch den komischen Geruch von Mama in der Nase. Ich werde mich erst mal duschen!

Ich nehme Mamas Seife, dann rieche ich ein bisschen wie sie sonst immer riecht, wenn sie nicht gerade krank ist. Das ist angenehm. Das Wasser läuft einfach so herunter. Ich mache es nicht zu heiß, sonst schwitze ich ja gleich wieder. Ich reibe mich auch noch mit Mamas Creme ein. So, nun fühle ich mich wieder frisch.

Es wird schon langsam dunkel. Die Zeit ist so schnell vergangen. Ach du meine Güte! Ich weiß noch immer nicht, wie Mama mir eine Entschuldigung schreiben soll! Was soll ich denn morgen nur machen? Vielleicht bleibe ich morgen einfach noch zuhause. Dann habe ich das ganze Wochenende, um mir etwas zu überlegen. Und wer weiß, vielleicht geht es Mama dann viel besser, nachdem sie es nun bequemer hat.

Ich mache mir noch eine Scheibe Toastbrot. Den Kartoffelsalat lasse ich bis morgen. Ich darf nicht vergessen, die Mülltonnen noch an die Straße zu stellen. Das mache ich lieber jetzt, bevor es stockdunkel ist.

Draußen ist es schon unheimlich. Der Weg zur Straße ist nicht beleuchtet. Ich muss aufpassen, um nicht in eine Pfütze zu treten. Ich stelle beide Tonnen raus, die grüne und die braune. Ich kann jetzt auch mit dem Fernglas nicht mehr erkennen, welche Tonnen bei Hinrichs stehen. Aber besser beide als keine. Ich hüpfe pfeifend zurück, das mache ich immer so, wenn ich Angst habe. Papa sagt, das Beste, was man mit Angst machen kann, ist, sie auszulachen. Papa wusste immer so nützliche Tipps.

Ich schließe die Haustür sorgfältig zu. Oh, ich habe ganz vergessen, Mama den frischen Tee zu bringen. Die Luft in Mamas Zimmer ist schon viel besser. Und Fliegen sind auch kaum noch hier. Ich versprühe Mamas Parfüm im Zimmer, damit auch der letzte schlechte Geruch verschwindet. Nun riecht es wieder wie Mamas Zimmer. Vielleicht ein bisschen stärker als sonst, aber so ist es fast wieder wie früher.

Ich luge vorsichtig in die Truhe hinein. Mama riecht auch nicht mehr so schlecht. Sie sieht richtig zufrieden aus. Ich schließe den Deckel vorsichtig. Was liegt denn da beim Nachttisch? Eine kleine Tablette. Wie kommt die denn dahin? Sie muss Mama aus dem Mund gefallen sein, als ich sie in ihr neues Bett gelegt habe.

Ich nehme die Tablette zwischen meine Finger und öffne die Truhe. Ich quetsche die Tablette zwischen Mamas Lippen. Sie sind ganz kalt. Aber jedenfalls behält sie sie nun bei sich. Ohne Tablette kann sie nicht gesund werden.

Ich rücke den Nachttisch etwas näher zur Truhe, damit Mama leichter den Tee nehmen kann.

„Gute Nacht, Mama. Morgen wird es dir schon viel besser gehen!"

Heute gibt es eine Serie im Fernsehen. Die gucke ich mir noch an, aber dann gehe ich ins Bett. Ich bin so müde.

I ch gehe in Mamas Zimmer und erinnere mich nicht mehr, warum. Ich lausche, ob Mama mich gerufen hat. Ich stehe an ihrer Tür, aber kann nicht zur Truhe gehen. Langsam hebt sich der Deckel und ein ganz helles Licht beleuchtet den Raum. Ich sehe Mamas Arm und dann öffnet sich der Deckel ganz und Mama steht in der Truhe.

Das helle Licht tut mir in den Augen weh. Ich muss meine Hand über die Augen legen, so grell ist es. Mama sieht es wohl. Sie steigt aus der Truhe und schließt den Deckel.

Nun sind nur noch Mama und ich im Raum. Ich will zu ihr laufen, aber ich traue mich nicht. Mama lächelt mich an und geht zum Fenster. Das Fenster reicht bis zur Erde. Es sieht eher aus wie eine Terrassentür. Mama steht dort und dreht sich zu mir um. Sie lächelt wieder und dann bewegt sich etwas hinter ihr. Erst erkenne ich nicht, was es sein kann. Aber dann sehe ich es. Mama hat Flügel. Mama ist ein Engel geworden. „NEIN!", will ich schreien, aber kein Ton kommt aus meinem Mund.

Ich stehe dort mit offenem Mund und bin doch stumm. Mama lächelt wieder ihr geheimnisvolles Lächeln und dann schwebt sie plötzlich zum Fenster hinaus.

Es ist wieder stockdunkel im Zimmer. „Mama!", rufe ich. Jetzt kann ich rufen. Ich kann meine Stimme hören. „Mama, wo bist du?" Ich sitze in meinem Bett und bin ganz nass geschwitzt. Wo ist Mama?

Ich springe aus meinem Bett und laufe in ihr Zimmer. Die Truhe ist zu. Langsam gehe ich näher. Mein Herz klopft bis in meine Ohren und ich höre mein Blut rauschen. Was ist, wenn die Truhe leer ist? Ein eisiges Gefühl wächst in meiner Brust. Das kann nicht sein, darf nicht sein. Ich hebe vorsichtig den Deckel der Truhe an.

Da ist sie ja. Sie ist noch da. Genauso, wie ich sie das letzte Mal gesehen habe. Es war also nur ein Traum. Ich atme auf. Sie kann nicht einfach ein Engel werden. Was soll denn dann aus mir werden? Nein, Mama muss wieder gesund werden. Ich werde alles dafür tun, dass es ihr wieder besser geht.

Ich werde einfach meine Decke holen und mich neben die Truhe legen. Nur für den Fall, dass Mama mich nachts braucht und damit sie auch nicht einfach zum Fenster hinausfliegen kann.

Ich prüfe noch mal, ob das Fenster wirklich fest verschlossen ist. Hoppel muss auch mit, dann ist er nicht so alleine in meinem Zimmer.

Mamas Zimmer riecht wieder ganz normal. Es ist fast wie ein gutes Zeichen. Alles wird wieder normal werden! Ich kuschele mich in meine Decke und drücke Hoppel ganz fest. Das Summen der Kühltruhe klingt so beruhigend.

M ein Rücken tut weh. Ich liege auf der Erde in Mamas Zimmer. Stimmt ja, ich habe mich in der Nacht hierher gelegt. Ich strecke mich und stehe auf. Ich öffne den Deckel vorsichtig. Mama liegt noch unverändert in ihrem neuen Bett. Die Kälte ist angenehm.

Ich nehme ihre Tasse mit kaltem Tee und gehe in die Küche.

Eine Fliege versucht verzweifelt, durch das geschlossene Fenster zu fliegen. Immer wieder fliegt sie von unten nach oben und schlägt mit ihren Flügeln gegen die Scheibe. Dann sinkt sie kraftlos wieder nach unten, um es von Neuem zu versuchen.

Fliegen sind wirklich dumm. Ich könnte sie ganz leicht mit der Fliegenklatsche erledigen, aber dann habe ich einen Fleck am Fenster und zum Fensterputzen habe ich bei der Hitze keine Lust.

Ich entriegle das Fenster und öffne es auf einer Seite. Mal sehen, ob die Fliege es merkt. Kaum ist das Fenster auf, schon ist die Fliege draußen. Das ging schnell. Die Luft ist nicht mehr so stickig. Es ist neun Uhr und ein leichter Wind weht in mein Gesicht. Ich lasse das Fenster auf und versuche, etwas zum Frühstücken zu finden.

Ich toaste mir die letzte Scheibe vom Toastbrot und nehme den Rest von der Marmelade. So, nun ist aber fast alles leer. Ich muss mir eine Einkaufsliste machen, damit ich nichts vergesse. Ich mache mir einen Tee und schütte den letzten Rest der Milch über meine Cornflakes. Etwas Tee kleckert über einen der Briefe auf dem Tisch. Ich halte den Umschlag an einer Ecke fest und beobachte, wie der Tee hinunterrinnt und eine braune Spur hinterlässt. Fast wie ein Bild, in Tusche gemalt. Vielleicht sollte ich die Briefe wenigstens aufmachen. Ich weiß ja nicht, wie lange es mit Mama so weitergeht. Und wenn es etwas Wichtiges ist, dann will sie das bestimmt zuerst wissen.

Ich öffne den Brief im feuchten Umschlag. Er hat auf dem Briefpapier das gleiche Symbol wie auf dem Umschlag. Es stehen Zahlen darauf. Ich öffne die anderen. Die meisten haben Zahlen darauf. Und Rechnung steht auf den meisten. Auf einem steht in roter Schrift Mahnung, aber ich weiß nicht genau, was das heißt. Mama kümmert sich um solche Post.

Die Briefe lege ich auf den kleinen Tisch im Flur gleich unter dem Schlüsselbord. Dort sammeln wir immer alle Briefe. Und Briefe, die wir abschicken wollen, legen wir auch dort hin, damit wir sie nicht vergessen, wenn wir in die Stadt fahren.

Ich erinnere mich wieder an die Entschuldigung, die ich für die Schule brauche. Vielleicht finde ich bei Mamas Sachen ein paar Briefe, die sie geschrieben hat, dann kann ich versuchen, ihre Handschrift nachzumachen. Das darf ich eigentlich sonst nicht machen, aber wenn Mama nicht aufwacht, dann muss ich eben für sie einspringen.

Ich suche in ihrem Zimmer in der Kommodenschublade. Da hat sie alles Wichtige. Ein paar Ketten liegen in kleinen Etuis und eine kleine Dose mit Ringen steht daneben. Mamas Briefpapier und zwei kleine Bücher. Eines ist ein Taschenkalender von vor fünf Jahren. Das war das Jahr, in dem Papa fortgeflogen ist.

Das andere ist ein kleines altes Adressbuch. Ich sehe es mir genauer an. Da ist ja noch Omas Telefonnummer drin. Ich stöbere weiter. Zwei Briefe liegen unter drei hübschen Taschentüchern mit Spitzenrand. Ich wusste gar nicht, dass Mama so etwas Altmodisches aufbewahrt.

Die Briefe sind von Leuten, die ich nicht kenne. Der eine scheint von einer Großtante zu sein, aber den Namen kenne ich nicht. Der andere ist von einer alten Schulfreundin, mit der Mama zusammen in die Grundschule gegangen ist. Aber diese Briefe helfen mir auch nicht weiter. Ich brauche ja Mamas Handschrift und nicht die Handschrift von fremden Leuten. Aber natürlich hat Mama alle Brief, die sie geschrieben hat, auch abgeschickt. Ich bin wirklich dumm!

Ich kann höchstens noch mal mein Glück in der Küchenschublade versuchen. Vielleicht hat sie dort etwas notiert.

Ich gehe zurück in die Küche. Und öffne die obere Schublade. Da liegt ja ihr Haushaltsbuch! Dass ich daran nicht gedacht habe! Ich nehme es heraus und setze mich an den Tisch. Ich blättere Seite für Seite.

Es scheint, als ob Mama gerade erst hineingeschrieben hätte. Ich streichle leicht über die Seiten. Dann nehme ich ein leeres Papier aus einem meiner Schnellhefter. Der ist eigentlich für Musik, aber Frau Grubener verteilt immer Arbeitsblätter. Da braucht man kein extra Papier.

Ich nehme einen Kugelschreiber und fange an, einzelne Wörter in Mamas Handschrift nachzuschreiben. Das geht besser, als ich dachte. Jetzt muss ich mir nur noch den Text für die Entschuldigung überlegen. Mama fängt immer an mit „Sehr geehrter Herr Lindemann". Also versuche ich, ein paar Worte aus dem Haushaltsbuch zu finden, die alle Buchstaben haben, die ich für die Überschrift brauche. Das ist gar nicht so einfach. Schließlich kauft Mama nie zwei Pfund Lindemann.

Ich borge mir die einzelnen Buchstaben zusammen. Das „Li" bei Liebstöckel, das „de" bei Marmelade und so weiter, bis ich schließlich alle Buchstaben, die ich brauche, zusammen habe. Es dauert ganz schön lange, bis die Überschrift fertig ist. Ich schreibe den Satz immer wieder. „Sehr geehrter Herr Lindemann", wieder und wieder, bis er ganz perfekt aussieht.

Es klingelt an der Tür. Wer kann das sein? Ich schleiche leise zur Haustür. Ich kann Frau Hinrichs Schatten sehen. Was will die denn? Ich gehe vorsichtig wieder zurück, dabei stoße ich an den kleinen Tisch, gerade kann ich ihn noch halten, aber alle Briefe fallen auf die Erde. Das hat Frau Hinrichs sicher gehört. Jetzt bleibt mir nichts anderes übrig, ich muss öffnen.

Frau Hinrichs guckt mich erstaunt an. „Was macht du denn zuhause? Bist du krank?" Da fällt mir erst auf, dass ich ja noch immer meinen Schlafanzug anhabe. Ich nicke. „Ist deine Mama zuhause? Ich habe noch einen Eimer Aprikosen für sie." Ich sehe den Eimer in ihrer Hand. „Mama ist in die Stadt gefahren, aber sie ist bald wieder da", lüge ich. Frau Hinrichs guckt mich erstaunt an. „Ist sie denn nicht mit dem Auto gefahren?", fragt sie weiter. Daran habe ich nicht gedacht. „Nein", sage ich einfach. Mehr fällt mir nicht ein.

Frau Hinrichs scheint das aber zu genügen. Sie stellt den Eimer in den Flur und wünscht mir gute Besserung. Ich schließe schnell die Tür. Hoffentlich kommt sie nicht so schnell wieder.

Mein Magen knurrt. Ich wasche mir ein paar Aprikosen ab. Sie sind süß und saftig. Jetzt muss ich aber weitermachen.

Ich setze mich an den Tisch und gucke mir mein Werk an. Es sieht wirklich so aus, als ob Mama es geschrieben hätte. Ich überlege, was Mama sonst noch so schreibt. Ich will nicht zu viel schreiben. Auch wenn ich die Buchstaben aus der Überschrift schon verwenden kann, so muss ich trotzdem noch viel zusammensuchen. Vielleicht: „Samira hatte Fieber und konnte nicht zur Schule gehen". Das würde doch schon reichen. Natürlich muss noch „Mit freundlichem. Gruß" darunter und dann noch Mamas Unterschrift ans Ende.

Wie bekomme ich denn Mamas Unterschrift? Das Haushaltsbuch unterschreibt sie ja nicht und alte Klassenarbeiten unterschreibt sie nur mit zwei Buchstaben. Das kann ich immer noch überlegen. Jetzt schreibe ich erst mal alles andere mit Mamas bester Handschrift.

Es dauert ziemlich lange, bis ich endlich alles so hinbekommen habe, dass es wirklich so aussieht, als hätte Mama es höchstpersönlich geschrieben. Ich bin so stolz auf mich! Am liebsten hätte ich es Mama gleich gezeigt. Aber sie wäre vielleicht gar nicht einverstanden gewesen, wenn sie sieht, dass ich ihre Handschrift nachmache.

Ich nehme mir ein neues Blatt und schreibe den ganzen Text noch mal ab. So, jetzt ist es fertig. Was fehlt, ist nur noch die Unterschrift. Wo kann ich bloß Mamas Unterschrift finden? Ich weiß zwar noch ungefähr, wie sie aussieht, aber nur aus der Erinnerung kann ich die Schrift nicht nachmachen.

Vielleicht finde ich in der Küchenschublade etwas, was mir helfen kann. Ich suche nach einem anderen Heft oder irgendwelchen Schriftstücken, auf denen Mamas Unterschrift sein könnte. Aber dort ist nichts. Jetzt habe ich die Entschuldigung so weit fertig und alles soll umsonst gewesen sein, bloß weil diese blöde Unterschrift fehlt? Was soll ich machen, wenn ich keine Entschuldigung habe?

Wenn ich Montag in die Schule gehe, dann wird Herr Lindemann fragen, wo ich war, und dann wird er nach einer Entschuldigung fragen. Sonst habe ich sie immer gleich am ersten Tag in der Schule abgegeben.

Wenn ich sagen würde, dass Mama krank ist, und sie mir später eine Entschuldigung schreibt, dann hätte ich vielleicht ein paar Tage meine Ruhe. Und wenn ich Glück habe, dann vergisst er es. Aber wenn nicht, was dann?

Dann will er bestimmt mit Mama sprechen und dann stört er uns und Mama kann sich nicht erholen. Das geht auf keinen Fall. Egal, was passiert, aber ich muss Mamas Unterschrift finden, ich habe keine Wahl. Ich werde noch mal in Mamas Zimmer nachschauen.

Da fällt mir ein, dass ich ihr noch gar keinen frischen Tee gebracht habe. Ich mache Tee für uns beide. Milch habe ich keine mehr. Ich stelle den Tee auf ihren Nachttisch. Ich hebe den Deckel etwas an. Dort liegt Mama ganz friedlich. Die Kälte scheint ihr wirklich gutzutun. Sie sieht auch viel frischer im Gesicht aus. Ich glaube sogar, sie hat ihren Kopf ein wenig zur Seite gelegt. Das ist bestimmt etwas bequemer für sie.

Leise schließe ich die Truhe wieder. Ich gehe noch mal zu ihrer Kommode, aber dort finde ich auch nichts, was mir helfen könnte. Vielleicht versuche ich es mal im Wohnzimmer. Ich öffne alle Schubladen, aber dort finde ich auch keine Briefe. Ich finde auf einem Regal im Schrank viele Ordner.

Auf einem steht „Versicherungen", auf einem anderen „Rechnungen" und auf einem dritten „Bank" Ich hole die Ordner heraus und lege sie auf den Tisch. Die sind ganz schön schwer und voll mit Papier.

Ich schlage den ersten auf, finde aber keine Unterschrift von Mama. Nur viel Papier mit Zahlen. Ich blättere weiter. Da ist das Symbol, das auch auf den Briefen ist, die Mama bekommen hat. Ich blättere weiter. Dort ist auch das andere Symbol. Jetzt erinnere ich mich wieder, dass ich es auch auf dem Telefonbuch gesehen habe.

Ich fühle mich wie ein Detektiv, der gerade dabei ist, einen Fall zu lösen. Ich nehme mir den Ordner, auf dem „Bank" steht. Dort finde ich ein kleines Heft, auf dem „Überweisungen" steht.

Ich schaue es mir genauer an und da finde ich auf einem blassen Papier Mamas Unterschrift. So ein Glück! Mir wird vor Freude ganz warm im Bauch. Ich löse das kleine Heft heraus und nehme es mit zum Küchentisch.

Auf einem neuen Blatt Papier fange ich an, Mamas Unterschrift nachzuahmen. Zu Anfang geht es ein bisschen holperig, aber dann immer besser. Die zwölfte ist die beste.

Ich nehme die Entschuldigung und schreibe Mamas Namen darunter. Ich halte das Schriftstück wie ein Kunstwerk in meinen Händen. Das wäre geschafft!

Ich wasche mir noch ein paar Aprikosen ab. Ich merke erst jetzt, dass es draußen schon schummerig wird. Da fallen mir wieder die Mülltonnen ein. Die stehen ja noch immer an der Straße. Ich kann aber unmöglich schon wieder im Schlafanzug an die Straße gehen. Ich glaube zwar nicht, dass mich jemand sehen würde, aber trotzdem wäre es mir ein bisschen unangenehm. Ich ziehe einfach eine Jacke drüber. Das reicht.

Ich gehe den Weg zur Straße entlang. Die Pfützen sind schon alle ausgetrocknet, aber so heiß wie die letzten Tage ist es zum Glück nicht mehr. Eigentlich hätte ich Mama gar nicht in ihr neues Bett legen müssen, wenn es jetzt kühler wird, dann wäre es auch in ihrem Zimmer angenehmer. Aber sie jetzt aus der Truhe herauszunehmen und aufs Bett zu legen, wäre viel zu umständlich. Und man weiß ja nie, ob es nicht doch noch wieder heiß wird.

Ich sehe hinüber zu Hinrichs' Haus, aber ich kann niemanden sehen. Zum Glück sind beide Tonnen geleert. So muss ich wenigstens keine volle mit zurückziehen. Ich klappe die Deckel zu und ziehe beide Tonnen mit mir in Richtung Haus.

Der Schuppen ist jetzt auch fliegenfrei. Ich stehe noch einen Moment an der frischen Luft und lasse mir das Haar aus dem Gesicht wehen. Der Schuppen sieht aus, als ob er sich an die Garage anschmiegt. Wie ein Kind, das Schutz bei der Mutter sucht. Die Holzlatten sind nicht gleichmäßig zusammengebaut. Man kann durch die Schlitze hindurchsehen.

Die Garage ist genauso gebaut wie das Haus. Papa hat das Dach selber gedeckt, als wir herzogen. Er hat mich sogar mal mit hinaufgenommen aufs Dach. Von dort sah alles viel kleiner aus. Ich sehe zum Dach hinauf. Komisch, wenn man hinaufguckt, dann sieht es nicht hoch aus. Aber vielleicht liegt es ja daran, dass ich schon viel größer geworden bin. Wie lange es schon her ist, dass ich überhaupt in der Garage war.

Ich gehe auf das Garagentor zu. Ob ich einfach mal hineingucke? Ich brauche ja gar nicht hineinzugehen. Nur einen ganz kurzen Blick hineinwerfen. Nur, um zu sehen, dass er auch wirklich nicht mehr da ist. Durch meine Haut fühle ich das kalte Metall der Türklinke. Jetzt nur noch hinunterdrücken, mehr brauche ich nicht zu tun. Aber die Tür bewegt sich nicht. Sie ist noch immer fest verschlossen.

Ich fasse am Türrahmen entlang. Papa hat oft den Schlüssel auf den Türrahmen gelegt und ich war zu klein, um ihn zu erreichen. Ich stelle mich auf die Zehenspitzen und meine Finger fühlen etwas Kühles, Metallisches. Ich greife danach und habe den Schlüssel in der Hand. Ich schiebe ihn mit klopfendem Herzen in das Schlüsselloch und drücke die Türklinke nach unten.

Mit einem leisen Knarren öffnet sich die Tür. Meine Augen können nichts erkennen. Es ist zu dunkel. Doch langsam gewöhnen sie sich an die Dunkelheit und ich erkenne in der Ecke den alten Schrank, der nur noch auf einer Seite eine Tür hat. Da sind alte staubige Dinge verstaut, die noch Papas Eltern gehörten. Niemand wusste so recht, was es war. Der Staub liegt in einer dicken Schicht darauf und hütet das Geheimnis.

Langsam wandert mein Blick nach oben zu dem Platz unter dem Dach. Dort ist es, wo ich Papa zuletzt gesehen habe. Ich kann mich noch erinnern, wie ich nach ihm suchte, um ihm eines meiner Bilder zu zeigen. Papa war an diesem Tag wieder besonders traurig, darum hatte ich auch das Bild gemalt. Papa war immer glücklich, wenn ich ihm ein Bild malte. Und dieses war besonders schön.

Ich hatte eine leuchtend gelbe Sonnenblume gemalt, die von einem leuchtend blauen Himmel umgeben war. Es sah fast aus, als ob sie im Wasser schwimmt. Ich fand, dass es das schönste Bild war, das ich bis dahin gemalt hatte.

Ich suchte im Schuppen und im Garten. Zuletzt sah ich in der Garage nach. Die Tür war verschlossen. Ich ging zum kleinen Holzschuppen und stieg über das Gerümpel. Im kleinen Schuppen war damals nur Gerümpel. Papa wollte ihn später mal abreißen.

Vom Schuppen konnte ich durch ein kleines Loch in die Garage hineinkriechen. Ich zwängte mich hindurch und gelangte so schließlich an mein Ziel. Ich stand auf und klopfte mir den Staub vom Rock. Es war ein schöner Rock. Mit vielen bunten Blumen darauf. Der durfte nicht schmutzig werden. Ich rief nach Papa, aber er antwortete nicht.

Ich ging ein paar Schritte und da sah ich ihn plötzlich. Ich stand ganz still. Was tat er da? Ich sah, wie er wie ein Engel in der Luft schwebte. Gott hatte ihm ein Seil zugeworfen, damit er Papa führen konnte. Aber Papa wollte noch auf mich warten. Ein Lichtstrahl fiel durch das kleine Dachfenster und tauchte Papa in ein strahlendes Licht.

Ich ging langsam näher und legte mein Bild direkt unter Papa, damit er es noch sehen konnte, bevor er aufbrach. Dann ging ich ein paar Schritte zurück und setzte mich mit angezogenen Beinen mit dem Rücken an die Mauer.

Ich sah Papa im strahlenden Licht und musste an ein Bild denken, dass ich in der Kirche gesehen hatte. Der Herr Jesus war in einem strahlenden Licht abgebildet. Genauso ein Licht war es, in dem Papa jetzt war. Das war bestimmt ein göttliches Licht.

Ich wartete, was passieren würde. Ich saß und wartete. Irgendwann würde Papa sicher durch das Dach in den Himmel fliegen. Das wollte ich auf keinen Fall verpassen. Und so saß ich dort.

Ich stehe immer noch an der Tür. Ich kann außer dem Schrank nichts sehen. Die Garage ist leer. Ich gehe ein paar Schritte hinein und setze mich mit angezogenen Beinen an die Wand der Garage. Wie damals. Nur dieses Mal ist niemand hier. Niemand außer mir. Es ist so dunkel.

Ein Motorengeräusch weckte mich. Das göttliche Licht war erloschen, aber Papa war noch immer da. Wahrscheinlich wollte er erst abwarten, bis Mama zurück ist, damit ich nicht so alleine war. So würde es sein. Ich wollte gerade aufstehen, als die Garagentür mit einem lauten Knarren aufgestoßen wurde und Mama im Scheinwerferlicht ihres Autos stand.

Sie wollte sich gerade umdrehen, und sich wieder ins Auto zu setzen um es dann in die Garage zu fahren, da sah sie mich. Sie schaute mich erstaunt an. „Samira? Was machst du hier drinnen? Du soll..." Dann sah sie Papa und fing an zu schreien. Sie stand nur da und schrie. Sie schrie so laut, dass man das Auto nicht mehr hören konnte.

Ich lief zu ihr hinüber und wollte ihr erklären, dass Papa ja nur ein Engel geworden war, aber sie schubste mich zur Seite und schrie die ganze Zeit. Ich wollte nicht, dass sie Papa störte. Warum konnte sie nicht verstehen, dass alles gut war?

Ich setzte mich wieder an die Wand und hielt mir die Ohren zu. Ich wollte kein Geschrei mehr hören. Irgendwie kam dann Herr Hinrichs und dann kamen ganz viele Leute. Polizisten und Feuerwehrmänner.

Mama bekam eine Spritze, damit sie nicht mehr so schrie, und dann jammerte sie nur noch. Das war viel besser.

Ich wollte nicht ins Haus gehen. Ich wollte nicht verpassen, wie Papa in den Himmel flog. Ein Polizist nahm mich auf den Arm und brachte mich ins Haus zu Mama, aber ich wollte doch in der Garage bleiben. Er sagte, dass ich im Haus bei Mama bleiben sollte, um mit dem Doktor zu sprechen. Ich könnte mich auch ein wenig um Mama kümmern.

Ein Doktor war aber schon bei Mama und der kümmerte sich sehr gut um sie. Ich schaute aus dem Fenster. Der Doktor kam zu mir und wollte sich auch um mich kümmern. Mit Mama war er wohl schon fertig. Ich sagte ihm, dass er sich nicht um mich kümmern müsste und dass ich lieber draußen sein wollte, um zu sehen, wie mein Papa in den Himmel fliegt. Der Doktor sagte aber, dass

Papa schon längst in den Himmel geflogen wäre und dass seine Seele schon lange bei Gott sei.

Ich konnte nicht glauben, dass ich so betrogen worden war. Wie konnte Papa einfach so fortfliegen? Am liebsten hätte ich dann auch geschrien wie Mama. Wie konnte mich Papa nur so hintergehen? Aus meiner Enttäuschung heraus liefen Tränen über mein Gesicht. Ich fühlte mich alleingelassen. Alleingelassen und betrogen.

Ich spüre, wie Tränen über mein Gesicht laufen. Ich kann die Enttäuschung noch immer fühlen. Jetzt weiß ich natürlich, dass der Doktor damals Recht hatte. Ich wusste noch nicht, dass Körper und Seele zweierlei Dinge sind. Papa war schon ein Engel, als sein Körper noch in der Garage war.

Ich stehe auf und klopfe den Dreck von meiner Schlafanzughose. Ich sehe noch mal zum Dachfenster hinauf, aber da ist auch kein Lichtstrahl mehr.

Ich verschließe die Tür und gehe zurück zum Haus. Es ist inzwischen schon stockdunkel geworden. Ich schließe die Tür hinter mir zu und schalte das Licht in der Küche und im Wohnzimmer ein, so sieht es gleich viel freundlicher aus.

Ich setze mich wieder an den Küchentisch. Hier liegen noch die Ordner und die Entschuldigung. Die stecke ich am besten gleich in meinen Rucksack.

Ich habe keine Lust mehr, irgendetwas zu tun. Ich schalte den Fernseher an und suche mir eine schöne Sendung aus. Ich glaube, ich hätte Lust, eine Komödie zu gucken. Ich schalte durch die Kanäle und finde einen lustigen alten Film. Da spielt der mit, der immer so nuschelt. Ich hole meinen kalten Tee und mache es mir bequem.

Heute muss ich danach gleich ins Bett, damit ich morgen früh zum Einkaufen fahren kann. Den Einkaufszettel schreibe ich morgen, jetzt bin ich einfach schon zu müde.

Ich strecke mich aus. Der Wecker zeigt halb neun. Irgendetwas ist anders heute. Ich setze mich im Bett auf und gucke aus dem Fenster. Die Sonne scheint heute nicht. Es ist ein bedeckter, wolkiger Tag. Dann ist es auch nicht so heiß. Ich nehme meinen Hoppel und lege ihn aufs Kissen. Ich ziehe die Decke über ihn. Irgendetwas riecht hier nicht gut. Ich rieche an der Bettwäsche. Die muss ich dringend wechseln.

Ich stehe auf und knöpfe den Bezug am Fußende auf. Dann ziehe ich die Decke aus dem Bezug. Das geht ganz schön schwer. Das Kissen ist einfacher. Und das Laken, kein Problem. Mama legt die frische Bettwäsche immer in ihren Schrank.

Leise gehe ich zu ihrem Zimmer. Der Deckel der Kühltruhe sieht unverändert aus. Ich gehe hinüber und werfe einen Blick auf Mama. Sie hat sich wieder ein kleines Stück gedreht. Ich schließe die Truhe leise. Ich glaube sogar, sie hat ein kleines bisschen Tee getrunken. Gestern war die Tasse noch viel voller.

Ich gehe hinüber zu ihrem Schrank und nehme die Bettwäsche heraus. Ich werde ihr nachher frischen Tee bringen. Zuerst muss ich mein Bett beziehen. Ich habe gesehen, wie Mama es immer macht. Sie schlüpft mit ihren Armen in den Bezug und greift die Zipfel von der Bettdecke. Dann streift sie den Bezug einfach über. Das sieht gar nicht so schwer aus.

Ich versuche es auch. Ich halte die Zipfel von der Bettdecke ganz fest und versuche, den Bezug über die Bettdecke zu ziehen, aber irgendwie klappt das nicht. Ich lege die Decke auf die Erde. Und versuche es so. Ich knöpfe den Bezug unten zu und fertig. Aber irgendetwas stimmt nicht. Die Decke hat sich irgendwie im Bezug gedreht. Ich knöpfe wieder alles auf und versuche, die Decke im Bezug zu drehen. So, das scheint zu klappen. Das Kopfkissen geht ganz leicht. Das Laken ist etwas schwieriger aufs Bett zu spannen. Immer wieder kommen die Ecken hoch. Aber ich glaube, so ist es in Ordnung.

Ich lege mich zur Probe mal hinein. Das riecht so frisch, ich mag gar nicht mehr aufstehen. Aber ich habe heute noch etwas Wichtiges zu tun. Ich nehme mir eines von den frischen knitterigen T-Shirts und nehme die schmutzige Bettwäsche mit in die Waschküche.

Ich koche Wasser für frischen Tee und wasche mir ein paar Aprikosen. Das ist alles, was ich heute Morgen zu essen habe. Alles andere ist aufgegessen.

Auf einem leeren Blatt Papier aus meinem Musikhefter, beginne ich meine neue Einkaufsliste zu schreiben. Es kommen ganz schön viele Sachen zusammen. Ich werde heute das ganze Geld mitnehmen, damit ich im Laden nichts zurücklegen muss. Ich werde zwei Tüten Milch kaufen, weil die immer so schnell leer ist.

Ich bringe Mama den frischen Tee und nehme die alte Tasse mit in die Küche. Wenn sie wieder Durst hat, dann hat sie etwas Warmes.

Ich werde Mamas Rucksack mit zum Einkaufen nehmen, der ist viel größer.

Ich schließe die Tür gut ab und laufe zur Bushaltestelle. Es ist sogar ein bisschen kühl. Ich habe Gänsehaut auf meinen Armen. Der Bus kommt gerade um die Ecke. Ich bekomme einen Fensterplatz. Am Wochenende ist der Bus fast immer leer, weil die meisten Leute dann im Auto mit der ganzen Familie in den großen Supermarkt am Rand der Stadt fahren.

Der kleine Lebensmittelladen ist heute viel voller als sonst. Ich nehme mir einen Wagen und arbeite meine Einkaufsliste ab. Ich runde die ganze Zeit auf und ab und addiere die Summe im Kopf. Ich bin bis jetzt bei vierundvierzig Euro. Aber noch fehlt die Milch. Ich nehme noch zwei Töpfchen mit Nudeln mit. Da braucht man nur heißes Wasser drüber zu gießen und dann hat man eine Suppe. Das habe ich in der Werbung gesehen.

An der Kasse muss ich dann doch zweiundfünfzig Euro bezahlen. Da muss ich mich einmal verrechnet haben. Aber gut, dass ich das ganze Geld mitgenommen habe.

Ich schiebe den Wagen zu den Einpacktischen und versuche, alles im Rucksack zu verstauen. Die schweren Sachen nach unten und die leichten nach oben. Der Rucksack ist zwar noch nicht ganz voll, aber ein paar Dinge bekomme ich einfach nicht mehr hinein.

Eine Frau, die neben mir einpackt, gibt mir eine Plastiktüte. Das ist sehr nett. Nun kann ich alles tragen. Ich gehe hinüber zur Haltestelle, aber der Rucksack ist zu schwer. Ich stelle ihn auf die Bank und nehme alle leichten Sachen in die Tüte. Nun ist er nur noch halb voll und leichter zu tragen. Die Tüte nehme ich dann eben mal in die rechte und mal in die linke Hand. Der Bus kommt. Ich setze mich ans Fenster.

Jemand klopft mir auf die Schulter. Ich drehe mich um. Es ist Julia. Die Tochter von Hinrichs. Sie setzt sich neben mich auf den freien Patz. Sie fragt nach meiner Krankheit und ich sage, dass es mir viel besser geht.

Dann erzählt sie mir, dass sie ein Praktikum bei einem Zahnarzt macht. Sie sagt, das ist so, als ob man richtig arbeitet, aber man bekommt kein Geld, sondern nur die Erfahrung. Julia erzählt, dass sie die Termine einträgt und die Leute ins Sprechzimmer rufen darf. Sie darf ihnen auch das Lätzchen umbinden. Das klingt ganz interessant. Julia sagt aber, dass sie später nicht beim Zahnarzt arbeiten will, sondern bei der Polizei. Nur da gab es keine freien Praktikumsplätze.

Auf dem Weg nach Hause hilft sie mir, die Tüte zu tragen. „Warum gehst du denn alleine einkaufen? Fahrt ihr nicht sonst immer am Wochenende in den großen Supermarkt?" „Mama fühlt sich heute nicht so besonders", sage ich. „Ich glaube, sie hat sich bei mir angesteckt." Wir gehen gemeinsam von der Haltestelle bis zu unserer Einfahrt. Julia muss noch alleine ein Stück weiter gehen. Julia sagt, dass ich Mama schön grüßen und ihr gute Besserung wünschen soll. Sie ist sehr nett. Schade, dass sie so alt ist, sonst wäre sie bestimmt eine gute Freundin.

Ich schließe die Tür auf und stelle die Tüte und den Rucksack auf den Küchentisch. Ich habe gestern ganz vergessen, aufzuräumen. Ich nehme die Ordner und lege sie im Wohnzimmer erst mal auf den Tisch. Dann packe ich alles aus. Es ist fast wie Weihnachten.

Ich habe gar nicht gemerkt, wie hungrig ich bin. Ich nehme mir einen Schokoladenpudding mit Sahne und löffle ihn gierig in mich hinein. Das schmeckt so gut. Ich nehme mir noch ein paar Kekse und gieße mir ein Glas Milch ein. Das ist ein richtig gutes Frühstück. Den Rest verstaue ich im Kühlschrank und im Vorratsschrank. Eine Pizza habe ich auch gekauft. Die kommt in den Gefrierschrank. In der Schublade liegt noch eingefrorenes Gemüse. Mama hat Brokkoli, Erbsen und Bohnen eingefroren. Das kann ich mir ja auch mal machen. Erbsen mag ich gerne.

Ich gehe ins Wohnzimmer und nehme die Ordner vom Tisch. Das kleine Heft mit der Aufschrift „Überweisungen" hat sich aus dem Ordner gelöst. Ich nehme es heraus und betrachte es etwas genauer. Ich glaube, so einen Schein habe ich auch im Brief gesehen, der an Mama kam. Nur war der Zettel nicht so blass.

Ich gehe zum kleinen Tisch in den Flur und suche den Brief mit dem Symbol. Ja, da war genauso ein Zettel dran. Ich nehme alle Briefe mit in die Küche. Das Überweisungsheft schlage ich auf und suche einen Zettel, der von der Firma mit dem gleichen Symbol kommt. Ich brauche gar nicht lange zu suchen.

Vielleicht muss ich den Zettel ausfüllen. Mama kann es ja im Moment nicht und wir haben schon so viele bekommen. Am Ende kommt noch jemand von der Firma und will sehen, warum wir ihm keine kein Geld schicken. Das darf nicht passieren. Mama braucht ja ihre Ruhe.

Ich nehme mir einen Kugelschreiber und fülle alle Kästchen genauso aus, wie Mama es gemacht hat. Bei der Summe brauche ich nichts hineinzuschreiben, da ist es schon vorgedruckt. Unter einem Strich ganz unten steht „Datum" und „Unterschrift". Jetzt muss ich wieder Mamas Unterschrift darunterschreiben. Jetzt sieht der Zettel fast genauso aus wie der in dem Heft, nur ist dieser nicht so blass.

Ich nehme mir den anderen Brief mit dem Zeichen vom Telefonbuch und mache genau das Gleiche. Ich weiß, dass Mama diese Zettel immer bei der Sparkasse in den großen Briefschlitz wirft. Das habe ich schon mal gesehen. Ich werde sie am Montag nach der Schule einwerfen. Die Bank ist ja gleich um die Ecke.

Ich stecke die Zettel zu der Entschuldigung in meinen Rucksack, dann kann ich sie nicht vergessen.

Es ist schon vier Uhr. Kein Wunder, dass ich wieder so hungrig bin. Ich überlege, was ich essen könnte. Die Pizza will ich lieber für die Woche aufheben. Wenn ich nach Hause komme, dann kann ich mich auf etwas freuen. Die reicht für zwei Tage.

Ich nehme mir eine Scheibe von dem Brot, das ich mitgebracht habe, und streiche mir Leberwurst drauf. Darauf habe ich Appetit. Zum Nachtisch kann ich noch ein paar Kekse essen.

Ich setze mich vor den Fernseher und suche etwas Lustiges. Es gibt einen Zeichentrickfilm, ich lege meine Füße auf den Tisch.

Da fällt mir ein, dass ich noch „Das fliegende Klassenzimmer" für Deutsch lesen muss. Das haben sie bestimmt am Freitag zu Ende gelesen. Es liegt noch in meinem Zimmer.

Ich gehe in mein Zimmer, um es zu holen. Auf dem Rückweg schaue ich noch bei Mama hinein, aber dort scheint alles normal zu sein.

Ich setze mich wieder ins Wohnzimmer und lege das Buch auf den Tisch. Ich habe ja noch heute Abend Zeit und morgen kann ich den ganzen Tag lesen. Ich schaue lieber noch fern.

Die blonde Frau von der Wetterschau sagt, dass es morgen zweiundzwanzig Grad sein sollen und dass sich der Sommer langsam davonschleicht. Mir soll es nur recht sein.

Ich schalte den Fernseher aus und gehe ins Badezimmer. Ich lasse mir ein Bad ein. Ich bade immer samstags. Ich schütte wieder etwas von Mamas Schaumbad ins Wasser. Bevor ich einsteige, hole ich mir noch einen frischen Schlafanzug.

So, jetzt ist alles vorbereitet. Jetzt werde ich mich frisch machen, meinen frischen Schlafanzug anziehen und mich dann in mein frisch bezogenes Bett legen. Alles ist frisch. Mamas Körpermilch riecht so gut. Wenn ich mich damit einreibe, dann rieche ich genau wie Mama. Vor allem reibe ich meine Arme damit ein. Wenn ich schlafe, dann liegt mein Kopf immer auf meinem Arm, so kann ich den Duft am besten riechen.

Im Bett schließe ich die Augen und stelle mir vor, dass Mama mit mir kuschelt. „Ach, Mama, ich vermisse dich! Werde schnell wieder gesund!" Ich nehme meinen Hoppel und drücke ihn fest an mich. Auch er riecht ein bisschen nach Mama.

E s ist schon halb zehn am Morgen. So spät aufgewacht bin ich schon lange nicht mehr.

Ich recke mich und setze mich auf die Bettkante. Hoppel liegt auf der Erde. Er muss heute Nacht aus dem Bett gefallen sein. Ich hebe ihn auf und lege ihn zurück auf mein Kissen.

Ich gehe zu Mamas Zimmer und sehe nach, ob sie etwas braucht. Aber es scheint, dass sie ganz zufrieden ist. Ich nehme trotzdem ihren kalten Tee mit in die Küche. Ich werde im Wohnzimmer die Terrassentür öffnen.

Es ist frisch draußen, aber nicht kalt. Ich gehe ein paar Schritte hinaus und fühle die kalten Steine unter meinen Füßen. Das Gras ist feucht. Es ist so hoch gewachsen, dass ich meine Füße gar nicht recht sehen kann. Mama mäht den Rasen sonst immer einmal die Woche. Nur nicht im Winter. Soll ich den Rasen mähen? Ich weiß doch gar nicht, wie man mit dem Rasenmäher umgeht. Das habe ich noch nie gemacht. Ich kann das Gras vielleicht auch mit der Gartenschere schneiden. Die ist groß und scharf. Aber zuerst muss ich mich anziehen und etwas essen.

Ich laufe mit meinen feuchten Füßen zurück ins Haus. Der Tee ist bald fertig. Zum Frühstück gibt es heute Cornflakes.

Ich wasche schnell das Geschirr ab und gehe in mein Zimmer, um mich anzuziehen.

Im Badezimmer liegen immer noch mein Shirt und die Hose von gestern. Ich werde sie zu der schmutzigen Wäsche stecken. Der Wäschekorb ist so voll, weil mein Bettzeug so viel Platz braucht. Was soll ich denn damit machen? Das kann ich ja wohl schlecht mit der Hand waschen! Ich lege erst mal meine Sachen oben auf den Berg. Vielleicht muss ich ja doch die Waschmaschine anstellen. Aber ich weiß gar nicht, wie man das macht.

Ich habe nie richtig aufgepasst, wenn Mama sie benutzt hat. Wenn Mama wieder gesund ist, dann passe ich besser auf. Und Notizen mache ich mir dann auch, nur zur Vorsicht! Aber erst mal will ich nach der Gartenschere suchen.

Ich laufe hinüber zum Schuppen und suche die Regale ab, aber eine Gartenschere ist nicht zu finden. Alles ist verstaubt, weil alles hier Papa gehört und der kann es jetzt nicht mehr benutzen. Ich will gerade aufgeben, da sehe ich sie, wie sie hochkant in einem Eimer steckt. Ich nehme den Eimer mitsamt der Schere und gehe in den Garten.

Zum Glück haben wir nicht so viel Rasen, aber ihn mit der Schere zu schneiden, ist gar nicht so leicht. Die Schere wird immer schwerer und das Schneiden auch. Ich muss immer öfter eine Pause einlegen. Nach zwanzig Minuten habe ich eine Blase am Daumen und am Zeigefinger.

Ich gehe ins Haus und klebe mir auf beide Finger Pflaster. Ich trinke etwas kaltes Wasser. Das tut gut. Eigentlich habe ich nicht viel Lust, weiterzumachen, aber ich habe erst so wenig geschafft.

Vielleicht sollte ich einfach warten, bis Mama wieder gesund ist, und dann kann sie das machen. Oder sie kann Herrn Hinrichs fragen, ob er ihr hilft. Das hatte sie schon mal getan, als eine Tanne an unserem Weg beim Sturm umgefallen war, und

Herr Hinrichs kam und hat sie dann zersägt und das Holz mit nach Hause genommen.

Ich könnte ihn ja bitten, den Rasen zu mähen, aber dann würde Frau Hinrichs bestimmt auch kommen und sich um uns kümmern wollen. Aber wir brauchen keine Hilfe, wir können alles alleine. Das sagt Mama auch immer. Und wie man die Waschmaschine bedient, finde ich auch noch heraus. „So, da kann sie dann mal staunen!" Ich bin so wütend auf Frau Hinrichs, als wäre sie schon hier gewesen und hätte unsere Wäsche mit zu sich nach Hause genommen.

Dabei ist sie eigentlich ganz nett. Schließlich hat sie ja auch eine nette Tochter und so etwas ist nicht möglich, wenn man nicht selber ein bisschen nett ist.

Ich gehe zurück in den Garten und schaue mir mein Werk an. Die Fläche, die ich geschnitten habe, sieht aus wie eine grüne Insel inmitten von grünem Wasser. Es ist nur ein kleiner Fleck, dabei habe ich das Gefühl, als ob ich schon den halben Rasen geschnitten hätte. Ich glaube, Rasenschneiden ist eine Arbeit, die ich Mama überlassen sollte. Schließlich bin ich ein Kind und Kinder können nicht alles übernehmen, was Erwachsene so zu tun haben. Sonst bräuchte man ja gar keine Erwachsenen mehr.

Ich lege die Schere wieder in den Eimer und bringe beides zurück in den Schuppen. Es ist heute eigentlich das richtige Wetter, um draußen zu liegen und zu lesen. Ich hole eine Decke heraus und mein Deutschbuch, lege mich ganz entspannt auf den Rücken und blinzle in die Sonne.

Ich schlage die Seite auf, die ich zuletzt gelesen habe, und fange dort an zu lesen, wo ich aufgehört habe. Das Buch ist recht spannend. Leider müssen wir dann als Arbeit meistens eine Inhaltsangabe schreiben und darin bin ich nicht besonders gut.

Ich bin hungrig. Ich gehe zum Kühlschrank und schaue, was ich essen kann. Ich entscheide mich für eine Scheibe Brot mit Schinken. Ich habe wirklich gut eingekauft. Ich finde immer etwas, was mir schmeckt. Ich schalte das Radio an. Die Musik kann ich auch im Garten hören.

 Ich lege mich wieder auf die Decke und lese kauend weiter. Fertig! Ich klappe das Buch zu. Schade, dass es schon zu Ende ist. Ich liege auf dem Rücken und sehe mir die Wolken genauer an.

Das habe ich immer mit Papa gemacht. Jeder hat gesagt, was er für seltsame Figuren in den Wolken erkennt. Das war lustig. Nur selten haben wir das Gleiche gesehen. Mit Papa konnte ich immer über alles reden. Er hatte oft so einfache Antworten. Manchmal dachte ich, dass er eigentlich auch noch wie ein Kind ist.

Papa und ich haben viel gelacht. Manchmal habe ich ihn auch weinen sehen. Aber wenn er mich sah, dann sagte er: „Lachen und Weinen, Samira, das gehört immer zusammen." Dann hat er sich die Tränen mit dem Ärmel abgewischt und versucht, ein lustiges Gesicht zu machen. Ich mochte Papa lieber, wenn er lachte.

Ich bekomme Gänsehaut an den Armen. Eine große Wolke hat sich vor die Sonne geschoben und taucht alles in einen riesigen Schatten. Ich gehe lieber hinein. Die Decke nehme ich unter den Arm und das Buch stecke ich gleich in den Rucksack, damit ich es morgen nicht vergesse.

Ich schließe die Terrassentür. Irgendwie bin ich traurig. Vielleicht haben die Gedanken an Papa meine Fröhlichkeit vertrieben.

Ich nehme mir einen Sahnepudding aus dem Kühlschrank. Der schmeckt gut. Es geht mir wieder etwas besser. Ich werde mal in die Waschküche gehen und die schmutzige Wäsche einfach in die Waschmaschine stecken, damit der Wäschekorb nicht mehr so voll ist. In die Waschmaschine passt ganz schön was hinein.

So, das wäre geschafft. Für morgen habe ich noch ein T-Shirt. Vielleicht versuche ich dann am Dienstag, die Wäsche in der Maschine zu waschen.

Ich sehe, wie Mamas Teetasse neben dem Wasserkocher steht. Ich habe ganz vergessen, ihr den Tee zu bringen. Wie kann ich das nur vergessen? Jetzt ist der Tee kalt. Ich muss ihr einen frischen machen. Mama war den halben Tag ohne etwas zu trinken.

Das schlechte Gewissen drückt meine Brust zusammen. Ich habe doch gesagt, dass ich alles tun werde, damit Mama wieder gesund wird. Ich darf nicht noch mal vergessen, ihr den Tee zu bringen.

Ich hoffe nur, dass es ihr jetzt nicht schlechter geht. Dann ist das nur meine Schuld. Der Wasserkocher braucht so lang, bis das Wasser endlich kocht. Ich hänge einen Teebeutel Kamillentee in die Tasse und gieße das Wasser dazu. „Au!" Ich habe mir etwas Wasser über den Finger gegossen.

Ich halte ihn schnell unter kaltes Wasser. Es tut scheußlich weh. Tränen laufen über mein Gesicht. Ich kann sie nicht zurückhalten.

Ich nehme die Tasse vorsichtig am Griff und gehe noch vorsichtiger zu Mamas Tür. Ich horche kurz, bevor ich hineingehe. Ich wische mir mit dem Arm über das Gesicht. Mama soll nicht sehen, dass ich geweint habe. Hoffentlich ist sie nicht böse mit mir.

Ich öffne die Tür vorsichtig. Zum Glück ist alles wie vorher. Mama scheint nicht gemerkt zu haben, dass sie keinen Tee hatte. Ich öffne vorsichtig die Truhe und werfe einen Blick hinein. Mama liegt noch so wie vorher. Ich lasse den Deckel sinken. Ich atme tief ein. Ich hatte wirklich viel Glück. Das darf mir nicht noch mal passieren.

Ich gehe hinüber zum Fenster und schaue hinaus. Ich sehe mein rotes, verquollenes Gesicht in der Scheibe. „Lachen und Weinen, Samira, das gehört immer zusammen!"

Ich schließe Mamas Tür und gehe zurück in die Küche. Ich wische die Wasserpfütze mit dem Geschirrhandtuch auf. Ich sehe mir meinen Finger genauer an. Er ist ganz rot und weh tut er auch noch. Ich habe eine Idee, wie ich ihn kühlen kann.

Aus dem Gefrierschrank nehme ich den Beutel mit den Erbsen und lege ihn mir auf den Finger.

Ich schalte das Radio aus und den Fernseher an. Ich will etwas Lustiges sehen. Der Tag ist richtig blöd und langweilig. Ich schalte durch die Programme, aber ich finde nichts. „Dann eben nicht!" Ich schalte den Fernseher aus. Ich habe Langeweile. Was kann ich bloß mal tun? Ich weiß es! Ich werde ein Bild malen. Dazu habe ich Lust.

Ich hole mir meinen Malblock und die Buntstifte und fange an, Blumen auf das Papier zu malen. Große, kleine, runde, eckige. Ich bekomme richtig gute Laune. Die Blumen sind so freundlich und so bunt.

Ich vergesse die Zeit. Ich will auf die Uhr schauen, aber ich kann die Uhrzeit nicht mehr erkennen. Es ist schon so dunkel geworden, dass ich das Licht einschalten muss. Es ist schon acht Uhr. Das habe ich gar nicht gemerkt.

Der Beutel mit den Erbsen liegt auf dem Tisch und eine Wasserpfütze hat sich drum herum gebildet. Ich nehme die Erbsen vom Tisch und wische die Pfütze mit einem Taschentuch auf. Was soll ich mit den Erbsen machen? Am besten schütte ich sie in einen Topf und koche sie. Dann habe ich auch gleich etwas zu essen.

Ich suche nach einem kleinen Topf. Muss man noch Wasser dazugeben oder nicht? Ich muss mal überlegen, wie Mama es immer macht. Ich glaube, etwas Wasser kann nicht schaden. Ich lasse Wasser zu den Erbsen laufen und stelle den Herd an. Ich bleibe vor dem Topf stehen, damit ich ihn gleich wegnehmen kann, wenn es anfängt, zu stinken. Aber es geht alles gut.

Es kocht ein bisschen und die Erbsen werden langsam weich. Ich schalte den Herd aus und fülle mir eine Portion auf einen Teller. Das schmeckt richtig gut. Ich esse den ganzen Topf leer. Ich sollte viel öfter Gemüse essen. Ich muss dringend wieder Erbsen kaufen, wenn ich einkaufen gehe. Dann am besten gleich einen großen Beutel.

Ich nehme mir einen Zettel aus der Küchenschublade und schreibe mit großen Buchstaben „Erbsen, großer Beutel" darauf. Das ist der Anfang meiner neuen Einkaufsliste. Ich sollte immer darauf schreiben, was leer ist, dann weiß ich, was ich wieder einkaufen muss. Wann wird das sein? Wie viel Geld habe ich eigentlich noch vom letzten Mal übrig?

Ich hole das Portemonnaie aus dem Einkaufsrucksack. Ich zähle neunundzwanzig Euro und zehn Cent. Das müsste reichen für den nächsten Einkauf. Aber was dann? Ich glaube, dass Mama dann bestimmt wieder auf den Beinen ist. Sie wird dann bei der Sparkasse mit ihrer Karte wieder Geld holen. Das habe ich schon gesehen.

Sie steckt die Karte immer in den Schlitz vom Geldautomaten und tippt dann eine Zahl ein und bekommt dann nicht nur ihre Karte zurück, sondern auch noch Geld dazu. Vielleicht kann ich mit ihrer Karte ja auch Geld holen. Ich schaue mal, ob eine Zahl darauf steht.

Es stehen zwei Zahlen darauf, aber die sind viel zu lang. Mama hat immer nur viermal getippt. Die Zahl kennt sie wahrscheinlich auswendig. Also kann ich die Karte nicht benutzen. Aber wie soll ich denn Geld bekommen, wenn Mama noch länger krank ist?

Mir ist nicht gut. Ich habe ein schlechtes Gefühl im Magen. Das Beste ist, wenn ich erst mal ins Bett gehe. Es wird sonst zu spät.

Ich darf nicht vergessen, den Wecker zu stellen. Das ist wirklich ein blöder Tag gewesen. Hoffentlich wird der Montag besser.

Ich bin noch so müde. Ich ziehe mir die Decke über den Kopf, damit ich den Wecker nicht höre. Aber das dumpfe Tuten höre ich sogar noch unter meiner Bettdecke.

Ich strecke den Arm aus und drücke auf den „Aus"-Schalter. Ich würde am liebsten einfach weiterschlafen, aber dann verpasse ich den Kunstunterricht.

Ich setze mich auf und lege meinen Hoppel auf das Kissen zurück. Ich habe ganz vergessen, mir die Sachen für heute aus dem Schrank zurechtzulegen. Aber so schwer ist das nicht. Ich wähle ein grünes T-Shirt und meine Capri-Jeans.

Ich gehe hinüber zu Mamas Zimmer und nehme ihre Teetasse mit hinunter. Um diese Zeit schläft sie sicher noch, da mag ich sie in ihrem neuen Bett nicht stören.

Es ist nicht mehr so heiß im Haus. Ich ziehe mir die Strickjacke über, die über der Sofalehne liegt. Sie gehört eigentlich Mama, aber wenn ich die Ärmel ein bisschen umkremple, dann passt sie ganz gut.

Ich koche Wasser für den Tee und suche mir alles zusammen, um mir mein Schulbrot zu machen. Cornflakes zum Frühstück sind immer eine gute Wahl. Ich nehme den Rest Milch, aber ich habe ja noch einen zweiten Karton gekauft.

Ich bringe Mama leise den heißen Tee ans Bett. Meine Hand ist noch ganz rot an der Stelle, wo das heiße Wasser herübergelaufen ist. Aber wenn ich nicht drankomme, dann tut es auch nicht weh.

Ich gehe in die Küche und räume alles weg. Ich muss nicht hetzen. Ich habe noch Zeit, mir die Zähne zu putzen und die Haare zu kämmen. Vielleicht mache ich mir heute einen geflochtenen Pferdeschwanz.

Ich teile meine Haare und flechte mir den Zopf. Das ist gar nicht so einfach. Sonst macht Mama das immer. Schnell noch ein Gummiband drum herum und fertig ist es. Ich versuche, mein Werk im Spiegel zu betrachten, aber das ist gar nicht so einfach. Es wird schon in Ordnung sein. Ich muss jetzt los.

Ich nehme meinen Rucksack und kontrolliere noch, ob die Entschuldigung und die Zettel für die Sparkasse auch drin sind. Alles bestens! Ich schließe die Tür ab und stecke den Schlüssel in die kleine Reißverschlusstasche an meinem Rucksack.

Ein Glück, dass ich die Strickjacke anbehalten habe. Es ist wirklich kühl heute Morgen.

An der Bushaltestelle warte ich noch fünf Minuten, bis der Bus um die Ecke biegt. Er ist montags immer so voll. Die meisten fangen am Montag mit der ersten Stunde an. Ich muss die ganze Fahrt stehen.

Ich kenne einige Kinder vom Sehen, aber aus meiner Klasse fährt keiner mit dem Bus. Sie wohnen entweder im Ort und können zu Fuß gehen oder mit dem Fahrrad fahren. Oder sie leben auf der anderen Seite vom Ort und nehmen einen anderen Bus. Keiner wohnt in meiner Richtung.

Das liegt eben daran, dass wir in die falsche Gegend gezogen sind. Mama hat schon Recht. Vor der ersten Stunde gehe ich zum Lehrerzimmer, um Herrn Lindemann die Entschuldigung zu geben.

Mein Herz klopft ganz laut, als er die Entschuldigung nimmt und sie liest. Aber er fragt mich nur, ob es mir wieder gut geht.

Die erste Stunde habe ich Kunst. Das ist der schönste Teil am ganzen Montag. Eigentlich sind Montag und Dienstag die besten Tage der Woche, weil ich da Frau Steffens sehe. Sie ist wirklich sehr nett.

Im Kunstunterricht brauche ich auch nichts auswendig zu lernen oder Kopfschmerzen vom Denken zu bekommen, das ist einfach wie Urlaub.

Da fällt mir ein, dass ich Frau Steffens mein Blumenbild von gestern zeigen sollte. Das würde ihr bestimmt gefallen. Ich kann es ja morgen mitbringen.

In der zweiten Stunde haben wir Herrn Lindemann. Es war gut, dass ich das Buch zu Ende gelesen habe, denn heute fangen wir gleich an, Fragen zu der Geschichte auf einem Arbeitsblatt zu beantworten.

Als Herr Lindemann die Arbeitsblätter austeilt, sagt er zu mir, dass ich nur den ersten Teil ausfüllen müsse, weil ich ja krank war. Aber ich sage ihm, dass ich das ganze Buch fertig gelesen habe.

Er sagt, dass er das ganz toll findet. Ich merke, dass mein Gesicht ein bisschen heiß wird. Das passiert mir oft, wenn jemand so zu mir redet. Er geht zum Glück weiter, um die restlichen Blätter zu verteilen. Ich nehme meinen Füller und beginne zu lesen.

Die Aufgabe ist gar nicht schwer für mich. Ich kann alle Fragen beantworten und sogar noch die Aufgabe für die Bonuspunkte lösen.

Bevor die Stunde zu Ende ist, verteilt Herr Lindemann noch einen anderen Zettel. Es wird laut und unruhig in der Klasse. Herr Lindemann pfeift mit zwei Fingern im Mund, um für Ruhe zu sorgen. Es ist sofort still im Raum.

Ich nehme den Zettel und fange an zu lesen. Wir machen einen Schulausflug am nächsten Mittwoch.

Nachdem alle Zettel verteilt sind, erklärt uns Herr Lindemann genau, was wir alles sehen werden. Wir fahren mit einem Reisebus zum Zoo, anschließend besuchen wir den Vogelpark. Ich bin ganz aufgeregt. Das muss ich sofort Mama erzählen, wen ich zuhause bin.

Ich stecke den Zettel in meinen Rucksack. Den Rest des Tages warte ich nur darauf, nach Hause zu fahren, um Mama die Neuigkeit zu berichten. Vielleicht ist sie ja wach.

Ich fahre mit dem Bus zurück und renne den ganzen Weg zum Haus. Ich hole den Schlüssel aus dem Rucksack und schließe die Tür auf. Alles ist ruhig.

Ich gehe zu Mamas Tür und öffne sie leise. Der Tee ist noch immer in der Tasse. Es scheint so, als ob Mama den ganzen Morgen durchgeschlafen hätte. Ich schaue in die Truhe und da liegt sie, unverändert. Ich schließe den Deckel leise und gehe in die Küche.

Es ist noch immer kühl. Ob ich die Heizung anstelle? Ich glaube, ich warte noch damit. Ich werde mir die Pizza heute machen, dann kann ich den Ofen danach offen lassen. Das wärmt die Küche dann wenigstens.

Heute haben wir keine Hausaufgaben auf. Ich hole den Zettel von Herrn Lindemann aus dem Rucksack und lege ihn auf den Tisch. Die Pizza ist fertig. Ich hole mir einen Teller aus dem Schrank und teile die Pizza in zwei Hälften. Die andere Hälfte lasse ich für morgen.

Ich esse und lese dabei den Zettel noch mal durch. Da steht, dass wir bis Freitag fünfundzwanzig Euro in die Schule mitbringen sollen, da-

mit der Bus und der Eintritt bezahlt werden können. Ich habe aber nur noch neunundzwanzig Euro übrig. Was soll ich denn bloß machen? Da habe
ich ja nur noch vier Euro übrig.

Wenn ich Milch kaufe und Brot, dann ist das
Geld schon verbraucht. Ich will aber mit. Ich will
nicht zuhause bleiben. Ich muss irgendwo noch
Geld finden.

Ich suche in Mamas Zimmer im Schrank nach
ihren Handtaschen. Mama hat eine Lieblingstas-
che, die sie immer nimmt, und zwei Taschen, die
sie nur selten benutzt. Ich finde ein paar Münzen,
aber das ist auch schon alles. Insgesamt sind das
eins fünfzig. Das ist nicht genug.

Ich setze mich vor den Schrank und fühle mich
ganz leer. Ich bin traurig und dann werde ich wütend. Ich gehe zu Mamas Bett hinüber und öffne
den Deckel. „Mama, wach endlich auf!" Aber Mama rührt sich nicht. Ich schüttle sie an der Schulter,
aber sie wacht nicht auf. „Mama!", sage ich lauter.
Nichts wirkt. Ich trete gegen die Truhe. Ich bin so
wütend. Ich lasse den Deckel laut zufallen und
renne aus dem Zimmer.

Ich hocke mich in den Flur. „Warum tut Mama
mir das bloß an?" Kann sie nicht einfach wieder
gesund werden wie jeder normale Mensch? Muss
sie sich immer so komische Krankheiten aus-
denken, die so lange dauern? Warum habe ich
nicht eine andere Mutter, die gesund ist und sich
um ihr Kind kümmert?

Ich weine, dass es meinen ganzen Körper schüttelt. Ich bin traurig und wütend und ich schäme mich. Ich schäme mich, weil ich Mama Unrecht tue. Ich bin ein schlechtes Kind.

Ich gehe in die Küche zurück. Dort liegt noch immer der Zettel. Wie soll ich denn eineinhalb Wochen mit vier Euro und zehn Cent auskommen?

Ich nehme mir einen Frischhaltebeutel und stecke die halbe Pizza hinein und das angebissene Stück von heute. Ich muss eben noch weniger essen und sparsamer sein, wenn ich auf den Ausflug mitfahren will.

Ich gehe in mein Zimmer und setze mich auf mein Bett. Ich nehme meinen Hoppel und drücke mein Gesicht in sein flauschiges Fell. Ich muss mich bei Mama entschuldigen. Ich habe es nicht so gemeint.

Mit meinem Hoppel unter dem Arm gehe ich hinüber zu Mamas Zimmer. Ich gehe zu ihr und öffne den Deckel. „Es tut mir leid, Mama", sage ich zu ihr. „Bitte, werde schnell wieder gesund! Ich will keine andere Mama haben. Ich will nur, dass du wieder gesund wirst!" Ich ziehe die Decke höher über ihre Schulter und schließe den Deckel vorsichtig. Ich glaube, sie hat mir verziehen.

Ich nehme Hoppel mit ins Wohnzimmer und setze mich vor den Fernseher. Es klingelt an der Tür. Ich gehe in den Flur und versuche, am Schatten zu erraten, wer es ist.

Es ist Julia. Der Postbote hatte ein Päckchen für Mama, aber sie war nicht da und da hat er es bei Frau Hinrichs abgegeben. Julia sagt, dass sie gerade erst vom Zahnarzt zurückgekommen sei und nun erst mal etwas essen will. Ich frage sie, ob es ihr noch Spaß macht. Aber sie sagt, dass es immer das Gleiche ist. „Die armen Leute, die das ihr ganzes Leben machen müssen!" Sie hat wirklich Mitleid mit ihnen.

Aber einige ihrer Freundinnen haben noch viel langweiligere Praktikumsplätze bekommen. Eine Freundin macht ein Praktikum in einer Wäschefabrik. Da darf sie den ganzen Tag kontrollieren, ob die Einpackmaschine alles richtig verpackt.

Die schlecht verpackten Waren muss sie aussortieren und auf einen Tisch legen, wo jemand sie dann abholt und neu verpackt. Und das darf sie noch eine ganze Woche lang tun. Wie gut, dass Julia später bei der Polizei arbeiten will. Da ist es sicher viel aufregender.

Ich überlege, ob man auch ein Praktikum in einer Bank machen kann. Julia sagt aber, dass die viel zu viel Angst hätten, dass man Geld klauen würde. Sie sagt, da kann man höchstens ein Referat drüber schreiben, aber ein Praktikum dort kann man vergessen.

Ich lege Mamas Päckchen auf den kleinen Tisch im Flur. Dabei fällt mir ein, dass ich ganz vergessen habe, die Überweisungszettel bei der Bank einzuwerfen. Das muss ich unbedingt morgen tun.

Ich habe es ganz vergessen, weil ich so aufgeregt war wegen des Klassenausflugs.

Ich gehe an die Küchenschublade und nehme Mamas Geldkarte heraus. Ich schaue sie mir noch mal genauer an. Wie kann ich nur herausfinden, wie Mama damit Geld holt? Ich lege sie auf den Küchentisch. Ich höre aus dem Wohnzimmer die Musik von meiner Lieblingsserie. Die darf ich nicht verpassen.

Es wird langsam schummrig draußen. Ich schalte das Licht an. Ich habe Hunger, aber ich werde einfach das Abendbrot ausfallen lassen. Ich trinke Tee, dann habe ich auch etwas Warmes im Bauch.

Die Sparkassenkarte liegt noch auf dem Küchentisch. Wie kann ich die Nummer herausbekommen? Hat Mama sie sich vielleicht irgendwo notiert? Vielleicht sollte ich in der Sparkasse fragen, ob sie mir helfen können, die Nummer herauszubekommen. Aber dann würden sie wissen wollen, warum Mama die Nummer nicht mehr weiß. Und dann müsste ich sagen, dass Mama krank ist, und dann würden sie einen Arzt vorbeischicken und dann würden sie Mama ins Krankenhaus bringen.

Dabei haben wir doch alles, was sie braucht, hier zuhause. Sie hat ja auch schon eine Pille genommen. Es wird ihr bald wieder besser gehen.

Vielleicht kann ich in der Bank sagen, dass ich ein Referat darüber schreibe, was man mit einer Sparkassenkarte alles machen kann und wie man eine Nummer herausbekommt. Das ist eine gute

Idee. So würde niemand darauf kommen, dass ich für mich frage.

Ich kann natürlich nicht zu unserer Bank gehen, sondern muss zu einer Bank, wo man mich nicht kennt. Da muss ich auf die andere Seite vom Ort fahren oder vielleicht sogar in die Stadt.

Bei dem Gedanken, alleine in die Stadt zu fahren, bekomme ich etwas Angst. Da muss ich in einen anderen Bus umsteigen und dann noch weit laufen.

Ich kann mich erinnern, dass Mama auf die andere Seite des Ortes gefahren ist, um eine frühere Arbeitskollegin zu besuchen, und da war auch eine Sparkasse. Da war ein kleiner Marktplatz, wo wir Eis gegessen haben. Da bräuchte ich nicht bis ganz in die Stadt und die Fahrt dauert auch nicht so lange. Ich sollte es morgen gleich machen.

Ich gehe dort vorbei und sage, dass ich ein Referat schreibe über das Thema, wie man eine Sparkassenkarte benutzt, und dann sagen sie mir, wie ich die Nummer herausbekommen kann. Und ich sage ihnen einfach einen falschen Namen.

Ich werde mich Amelia nennen, wie meine Freundin von früher. Ich wünschte, wir würden da noch wohnen, dann könnte ich immer zu ihr hinübergehen und ihre Mutter würde für mich etwas zu essen kochen, bis Mama wieder gesund ist.

Ich nehme mir ein leeres Blatt Papier und überlege mir, welche Fragen ich stellen könnte. Ich habe fünf Fragen zusammen. Das ist eigentlich alles, was ich wissen muss. Wenn ich dann weiß, wie ich die Nummer von Mamas Karte herausbekommen kann, dann kann ich auf dem Rückweg gleich bei unserer Sparkasse aussteigen und Geld aus dem Automaten bekommen.

Ich bin richtig zufrieden mit mir. Ich werde gleich morgen nach der Schule dort hinfahren.

Mein Magen knurrt. Ich bin sehr hungrig. Ich kann den Rest von meinem Stück Pizza essen, das ich übriggelassen habe. Morgen habe ich wieder Geld.

Ich nehme meinen Hoppel und gehe mich waschen. Ich habe heute gar nicht so viel geschwitzt. Ich werde aber morgen trotzdem andere Sachen anziehen, damit die anderen nicht glauben, dass ich stinke. Die Sachen von heute ziehe ich dann einfach am Mittwoch wieder an.

Ich stelle den Wecker und lege mich ins Bett. Ich muss morgen gut ausgeschlafen sein. Morgen ist ein wichtiger Tag.

I ch wache schon auf, bevor der Wecker mich weckt. Ich bin ein bisschen aufgeregt, wegen der Sache mit der Bank. Aber zum Glück habe ich heute wieder in den ersten Stunden Kunst und somit fängt der Tag schon mal gut an.

Ich ziehe mich an und gehe in die Küche. Dort liegt mein Zettel mit den Fragen noch auf dem Tisch. Ich stecke ihn in meinen Rucksack und mache frischen Tee. Ich fülle ein paar Cornflakes in die Schüssel und nehme wenig Milch. Ich muss ein bisschen sparen, auch wenn ich mit Mamas Karte heute Geld bekommen kann.

Ich tausche Mamas Tasse noch gegen eine neue mit frischem Tee aus und dann mache ich mich auf den Weg zum Bus. Ich habe wieder Mamas Strickjacke angezogen, weil es heute Morgen wieder kühl ist. Und außerdem ist es ein schönes Gefühl, etwas von Mama zu tragen. Das ist fast so, als würde ich sie ein bisschen mit in die Schule nehmen.

Ich kann mich heute nicht richtig konzentrieren. Mein Herz klopft die ganze Zeit so doll, dass ich es immer spüren kann. Nach der Schule stelle ich mich an die Bushaltestelle auf der anderen Seite der Straße. Andere Kinder aus meiner Klasse kommen dazu. Sie schauen zu mir hinüber und tuscheln über mich. Mir macht das nichts aus. Sollen die ruhig tuscheln.

Der Bus, mit dem ich sonst immer fahre, hält auf der anderen Seite der Straße. Ich fühle, wie mein Herz ganz laut klopft, und meine Brust fühlt sich an, als wäre eine feste Schale drum herum. Ich würde am liebsten rüberrennen, aber da fährt er schon los. Zu spät!

Ein Mädchen aus meiner Deutschklasse kommt zu mir und fragt mich, warum ich heute diesen Bus nehme. Ich sage ihr, dass ich meine Mutter bei ihrer Arbeit treffe. Dann geht sie zurück zu den anderen und tuschelt wieder mit ihnen. Der Bus kommt und ich bin froh, dass ich einen Einzelplatz bekomme.

Ich fahre vorbei an Wiesen und Wäldern. Ein paar kleine Häuser stehen direkt an der Straße. Der Bus hält öfter an und ein paar Kinder verlassen nach und nach den Bus. Dann kommen wir im Ort an. Nun steigen die meisten Kinder aus. Ich sehe die große Bank am Marktplatz.

Ich gehe über den Platz, an der Eisdiele vorbei, und stehe nun direkt vor dem Eingang zur Bank. Ich kann kaum atmen, so aufgeregt bin ich. Ich suche in meinem Rucksack nach meinem Zettel mit den fünf Fragen. Ich halte ihn fest in der Hand und gehe hinein.

Die Türen öffnen sich automatisch. Ich bleibe stehen und sehe mich um. Es sind mehrere Tische hier, hinter denen Bankangestellte arbeiten. Wo muss ich denn wohl hin?

Ich sehe eine junge Frau und gehe auf ihren Schreibtisch zu. Sie schaut mich freundlich an. „Kann ich dir helfen?", fragt sie mich. Ihr Haar glänzt wie Gold in der Sonne. „Ich heiße Amelia", sage ich. Die Dame schaut mich fragend an. „Ich schreibe ein Referat in der Schule", erkläre ich. „Über die Sparkassenkarte, mit der man Geld holen kann", füge ich hinzu. Die Frau mit dem goldenen Haar lächelt und sagt, dass ich einen Moment warten soll. Sie wüsste, vielleicht, wer mir helfen könnte.

Ich setze mich auf die mit Leder bezogene Bank. Das Polster ist ganz glatt und kalt. Warum sie wohl keinen Stoffbezug nehmen, frage ich mich. Ich warte schon eine ganze Weile. Vielleicht rufen sie die Polizei an, weil sie Angst haben, dass ich mit der Sparkassenkarte zu viel Geld holen will. Sie haben vielleicht gemerkt, dass ich es gar nicht für ein Referat brauche. Ob sie in der Schule anrufen?

Mir wird plötzlich ganz übel. Wie konnte ich bloß so dumm sein? Mein Herz klopft so stark, ich glaube, man kann es sogar sehen. Ich schließe die Jacke fester um mich. Ich muss hier schnell weg, aber meine Beine fühlen sich so schwach an. Ich glaube fast, ich habe Schweißtropfen auf der Stirn.

Ich schließe die Augen und bete, dass Gott mich in eine Maus verwandelt. Ich öffne wieder die Augen und bin, zu meiner großen Enttäuschung, keine Maus.

Die Dame, mit der ich gesprochen habe, kommt auf mich zu und sagt mir, dass Herr Berger ein Spezialist für Sparkassenkarten ist und jetzt Zeit hat, um meine Fragen zu beantworten. Ich stehe mit wackeligen Beinen auf. Also keine Polizei. Das ist schon mal gut.

Ich folge der Frau und sie bringt mich zu einem Büro, in dem ein Mann ohne Haare sitzt und mich freundlich anguckt. Die Frau und der Mann lächeln sich an und sie schließt die Tür hinter sich. Nun bin ich mit ihm alleine.

Er lächelt mich an und fragt mich, wie er mir helfen kann. Ich sage, dass ich in der Schule ein Referat über die Sparkassenkarte schreibe und ein paar Fragen habe. „Na, dann schieß mal los", sagt er und lehnt sich schmunzelnd in seinem Stuhl zurück.

Ich falte den Zettel, den ich die ganze Zeit in der Hand halte, auseinander und streiche ihn glatt. Mein Herz schlägt immer noch so doll, aber ich versuche, ganz normal auszusehen. „Was tut man, wenn man die Nummer von seiner Sparkassenkarte vergessen hat?", lese ich von meinem Zettel ab.

Ich spüre, wie mein Gesicht ganz heiß wird, und wage kaum, aufzublicken. Schließlich schaue ich den Mann ohne Haare, der Herr Berger heißt, doch an. Er lächelt und sagt, dass man eine neue Karte beantragen muss und dann eine neue Geheimnummer bekommt.

Ich warte, ob er noch mehr sagt, aber das war alles, was er dazu zu sagen hat. „Kann man nicht für die alte Karte eine neue Nummer bekommen?", frage ich. Aber er sagt, das sei nicht möglich und, dass es aus Sicherheitsgründen so gemacht wird. „Sonst kann ja jeder, der eine Sparkassenkarte findet, eine neue Nummer dafür beantragen." Ja, das wäre schön, denke ich.

Ich hole einen Bleistift aus meinem Rucksack und schreibe irgendetwas auf meinen Zettel, damit es so aussieht, als ob ich mir Notizen mache.

„Wie beantragt man eine neue Karte?", frage ich weiter. Herr Berger erklärt mir ganz genau, was zu tun ist. „Kann jeder eine Karte bekommen?", will ich wissen. Wenn man ein Konto bei der Sparkasse hat und mindestens 18 Jahre alt ist, dann ist das kein Problem. Und wie lange so etwas dauert, hängt davon ab, wie schnell die Hauptzentrale den Antrag bearbeitet.

Also ist eine Sparkassenkarte ohne Nummer vollkommen wertlos.

„Wie sieht so ein Antrag aus?", frage ich. Herr Berger öffnet seine Schublade und holt einen Antrag heraus. Ob ich den behalten kann, will ich wissen. Ich muss etwas haben, das ich in meine Referatmappe einheften kann.

Herr Berger gibt mir nicht nur einen Antrag, sondern auch noch zwei kleine Faltblätter über die Sparkassenkarte und darüber, was man damit machen kann.

Nun hat Herr Berger leider keine Zeit mehr, aber das ist auch nicht mehr wichtig. Ich weiß nun, dass Mamas Sparkassenkarte wertlos ist und sie eine neue beantragen muss, wenn ihr die Nummer nicht mehr einfällt. Bevor ich gehe, fällt mir noch eine letzte Frage ein.

Ich drehe mich um und frage Herrn Berger, wie man Geld von seinem Konto bekommt, ohne eine Karte. Er sagt, dann muss man Schecks ausfüllen und sie in die Sparkasse bringen. Dann bekommt man die Summe, die auf dem Scheck steht.

Er öffnet seine Schublade noch einmal, holt ein weiteres Faltblatt heraus und gibt es mir. Da ist so ein vorgedruckter Musterscheck drinnen. Ich bedanke mich und Herr Berger schüttelt meine Hand zum Abschied.

Gerade als ich die Tür erreiche, da sagt Herr Berger: „Warte! Wie war noch dein Name?" Ich schaue ihn an und sage mit fester Stimme: „Amelia, Amelia Lindemann." Und dann gehe ich zur Tür hinaus.

Ich warte an der Bushaltestelle auf den Bus. Mein Magen knurrt und ich fühle mich schwach. Ich kann mit Mamas Karte kein Geld bekommen. Wie soll ich bloß an Geld kommen? Ich kann doch noch nicht arbeiten gehen.

Der Bus kommt und ich setze mich auf einen freien Platz am Fenster. Ich lehne meine Stirn an die Scheibe und versuche, an gar nichts zu denken. Es dauert fast eine Stunde, bis ich zuhause bin.

Ich gehe langsam den Weg zum Haus hinauf. Bevor ich um die Ecke biege, sehe ich Frau Hinrichs in ihrem Garten arbeiten. Ich kann doch Frau Hinrichs fragen, ob sie noch Aprikosen hat. Dann habe ich wenigstens Obst zum Essen. Frau Hinrichs will wenigstens kein Geld.

Schnell laufe ich unseren Weg hinauf und stelle meinen Rucksack in den Flur. Dann laufe ich den Weg wieder hinunter und warte einen Augenblick, bevor ich um die Ecke zu Hinrichs' Haus biege. Frau Hinrichs unterbricht ihre Arbeit, als sie mich kommen sieht. „Nanu, Samira, ist alles in Ordnung?", fragt sie. „Ja", erwidere ich. Ich sage ihr, dass die Aprikosen so lecker waren, dass Mama fragen lässt, ob sie noch ein paar haben könnte. Sie wolle einen Kuchen backen, aber die Aprikosen aus dem Supermarkt seien längst nicht so gut.

Frau Hinrichs freut sich und will uns gerne noch welche geben. Sie kommt mit einem vollen

Eimer um die Ecke und lässt Mama schön grüßen. Ich bedanke mich und gehe zu unserem Haus zurück.

In der Küche wasche ich die Aprikosen ab und esse sofort zehn Stück. Danach geht es mir besser. Vielleicht kann ich Frau Hinrichs auch fragen, ob sie mir zwanzig Euro leihen kann. Dann hätte ich genug für den Ausflug und zum Einkaufen. Aber wenn ich mir Geld leihe, dann will sie sicher wissen, warum Mama kein Geld hat. Also kann ich das vergessen.

Es ist schon dunkel. Ich bin ganz kaputt und müde. Ich weiß noch immer nicht, wie ich Geld bekommen kann. Ich gehe zu meinem Rucksack und nehme die ganzen Faltblätter heraus, die Herr Berger mir gegeben hat. Ich sehe mir das Bild von dem Scheck genauer an.

Ich kann mal schauen, ob Mama irgendwo so einen Scheck hat. Dann könnte ich den so ausfüllen, wie es dort abgebildet ist, und dann bei der Sparkasse jemandem geben und dann bekomme ich Geld dafür. Ich habe aber nie gesehen, dass Mama so etwas gemacht hat. Sie hat immer ihre Karte benutzt.

Ich nehme mir den Antrag, den mir Herr Berger gegeben hat. Ich lese mir alles durch, aber ich verstehe überhaupt nicht, was man hier alles eintragen muss. Außer „Name" und „Datum". Ich lege meinen Kopf auf meinen Arm und schließe für einen Moment die Augen. Was soll ich nur tun?

Vielleicht rufe ich Tante Marie an und sage ihr, dass Mama krank ist und dass ich fünfundzwanzig Euro für den Ausflug am nächsten Mittwoch brauche. Sie würde mir das Geld bestimmt geben. Mama wäre bestimmt nicht froh darüber, dass ich Tante Marie anrufe, aber mir bleibt keine andere Wahl. Mama bräuchte dann ja auch nicht ins Krankenhaus, sondern Tante Marie könnte sie hier zuhause pflegen. Und wenn sie wieder gesund ist, kann Tante Marie auch wieder nach Hause fahren. Ich finde, das ist eine richtig gute Idee.

Ich habe plötzlich so ein leichtes Gefühl in meiner Brust. Warum bin ich nicht schon viel früher darauf gekommen?

Ich gehe zum Telefon und suche das Büchlein, in das Mama immer alle Telefonnummern einträgt. Ich schlage es auf. Auf der Innenseite stehen Mamas Name und ihre Adresse. Ich streichle mit meinem Finger darüber. Auf der anderen Seite stehen zwei Nummern, aber nur kurze. Das sind keine Telefonnummern. Es steht kein Name davor. Nur eine vierstellige Zahl. Eine andere gleich darunter. Ob Mama ihre Nummer von der Sparkassenkarte hier notiert hat?

Wenn eine von den Nummern die Nummer für ihre Karte wäre, dann könnte ich morgen schon Geld holen. Ich bin ganz aufgeregt. Ich lasse das mit dem Anruf. Jedenfalls erst mal bis morgen. Wenn ich kein Geld bekomme, dann kann ich ja immer noch anrufen.

Ich darf heute Mamas Telefonbüchlein nicht vergessen. Oder aber, besser noch, ich schreibe mir die Nummern auf einen kleinen Zettel und stecke ihn in meine Hosentasche. Ich habe heute wieder mein grünes T-Shirt angezogen und meine Capri-Jeans. Zeit um Tee zu kochen, habe ich nicht mehr. Aber das Schulbrot stecke ich noch rasch ein.

Ich laufe den Weg hinunter und erwische noch gerade rechtzeitig den Bus. Die Sparkassenkarte habe ich gestern schon in meinen Rucksack gesteckt. Im Bus sitze ich zum Glück alleine. Bei dem Gedanken, dass ich vielleicht heute noch Geld von dem Geldautomaten bekommen könnte, wird mir ganz schwindelig vor Freude. Mama würde ganz stolz auf mich sein, wenn sie wüsste, wie gut ich alles selber regeln kann.

„Ach, herrje!" Ich habe Mama gestern gar keinen Tee mehr gebracht und heute auch noch nicht. Ich glaube aber nicht, dass es ihr schon viel besser geht. Das dauert seine Zeit. Vielleicht gebe ich ihr noch eine von den anderen Pillen. Die sind sicher etwas stärker.

Ich kann es heute kaum erwarten, dass die Schule endlich vorbei ist. Nach der letzten Stunde laufe ich, so schnell ich kann, hinüber zur Sparkasse. Mein Herz klopft mir in der Kehle.

Vor dem Geldautomaten steht schon ein Mann, der sich Geld holen will. Ich warte lieber, bis ich ganz alleine bin. Die Überweisungen, die ich noch in meinem Rucksack habe, werfe ich in den großen

Briefschlitz. So, nun ist die Luft rein! „Bitte, lieber Gott, mach, dass ich Geld bekomme!"

Ich schiebe mit zitternder Hand die Karte in den Schlitz. Aber sie kommt sofort wieder heraus. Das ist komisch. Ich drehe sie um und schiebe sie noch mal in den Schlitz. Jetzt kommt sie nicht wieder.

Ein Fenster auf dem Bildschirm öffnet sich und darin erscheint, was ich nun alles wählen kann. Ich entscheide mich für „Auszahlung". Ein neues Bild erscheint und darin steht: „Bitte geben Sie ihre Geheimzahl ein!"

Ich nehme den Zettel in die Hand und versuche es mit der ersten Zahlenkombination. Nichts passiert. Ich glaube, ich muss sterben. Jetzt kommt die Schrift wieder und sagt: „Bitte bestätigen Sie mit der grünen Taste!" Ich drücke auf die grüne Taste. Nun zeigt der Bildschirm verschiedene Nummern mit einem Eurozeichen dahinter. Ich drücke auf „zwanzig". Das Bild verschwindet und die Karte kommt wieder aus dem Schlitz hervor. Aber Geld bekomme ich keines.

Ich nehme die Karte aus dem Automaten. Meine Hand zittert und ich fühle mich ganz schwach. Doch dann kommt plötzlich ein Zwanzig-Euro-Schein aus einem anderen Schlitz. Ich kann es gar nicht fassen! Ich nehme den Geldschein und stecke ihn in mein Portemonnaie. Ich bin so glücklich, dass ich am liebsten tanzen möchte.

Schnell laufe ich zum Lebensmittelgeschäft hinüber und kaufe mir eine Dose Ravioli und einen

Karton Milch. Ein Brot nehme ich auch noch mit und Kartoffelsalat gibt es morgen.

Ich bin glücklich. Ich kann einkaufen gehen und auf den Ausflug brauche ich auch nicht zu verzichten. Das Leben ist so schön! Ich kaufe mir sogar eine Familienpackung Eis. Ich bezahle sechzehn Euro vierzig. Ich werde Herrn Lindemann schon morgen das Geld geben und dann werde ich mir morgen in der Sparkasse neues holen.

Ich gehe hinüber zur Bushaltestelle und steige in den Bus. Heute gehe ich pfeifend den Weg hinauf zu unserem Haus.

Ich stelle den Rucksack auf den Stuhl in der Küche und nehme meine Einkäufe heraus. Das Eis stelle ich in den Gefrierschrank.

Heute haben wir Hausaufgaben in Mathematik aufbekommen, aber die erledige ich ganz schnell. Danach gibt es erst mal etwas zu essen. Zum Glück kann ich die Dose Ravioli ohne Dosenöffner öffnen. Da ist so eine Lasche dran. Ich schütte sie in einen Topf und stelle den Herd an. Ich rühre vorsichtig um, bis es dampft. Ich nehme einen tiefen Teller heraus und fülle die dampfenden Ravioli auf. Mhhhhh! Ich fühle mich wie eine Königin.

Vorsichtig löffle ich die heißen Teigtaschen in mich hinein. Ich habe noch nie so etwas Gutes gegessen. Vielleicht sollte ich mehr Ravioli essen und nicht so viel Pizza.

Zum Nachtisch gibt es heute gemischtes Eis, und zwar eine riesengroße Portion. Das war das beste Essen seit Langem. Ich spüle das Geschirr ab und setze mich auf das Sofa. Jetzt noch ein bisschen ausruhen.

Mamas Telefonbüchlein liegt noch immer neben dem Telefon. Ich lege es zurück in die kleine Schublade. Ich glaube, ich brauche Tante Marie nicht anzurufen. Es geht uns ja gut.

Heute stehe ich schon viel früher auf. Ich habe gestern noch die Sachen durchgewaschen und getrocknet, die ich heute für den Ausflug anziehen will.

Ich ziehe mir meinen leichten Anorak über. Es ist schon längst nicht mehr so heiß wie letzte Woche, aber wenn die Sonne scheint, kann man es noch gut im T-Shirt aushalten. Ein Brot nehme ich nicht mit. Herr Lindemann hat gesagt, dass man dort etwas essen kann. Natürlich muss man das selber bezahlen. Ich habe extra noch zwanzig Euro von der Bank geholt und sie in meinen Brustbeutel gesteckt.

Ich trinke noch schnell meine Milch und esse den Rest Cornflakes. So, nun bin ich bereit. Ob ich Mama noch schnell Tee mache? Nein, dazu habe ich jetzt keine Zeit. Außerdem hat sie den Tee von Dienstag immer noch nicht ausgetrunken.

Ich nehme meinen kleinen Rucksack, in dem gerade genug Platz ist, um ein Päckchen Taschentücher darin zu verstauen, und, falls es zu heiß wird, den Anorak hineinzustopfen. Dann schließe ich die Tür ab und laufe zur Straße. Wir fahren alle mit dem großen Reisebus von der Schule ab. Also muss ich erst zur Schule.

Es stehen schon ein paar Kinder aus unserer Klasse vor dem Eingang. Herr Lindemann redet mit einigen Frauen, das müssen Mütter sein, die ihre Kinder zur Schule gebracht haben. Die wollten bestimmt sicher sein, dass sie heute nicht trödeln. Wenn es Mama besser ginge, dann hätte sie mich heute auch gefahren. Nicht weil ich trödle, sondern weil sie auch mit Herrn Lindemann sprechen und ihm die Hand schütteln würde.

Ich gehe hinüber und Herr Lindemann lächelt mich freundlich an. Ich setze mich auf eine der Bänke und stelle meinen Rucksack neben mich. Der große Reisebus fährt vor und hält quietschend genau vor meiner Bank. Herr Lindemann versucht, mit seiner lauten Stimme die drängelnden Schüler am Einsteigen zu hindern. „Alle in eine Reihe!", schreit er.

Ich stelle mich ans Ende, aber schon kommen mehr Schüler dazu, die sich hinter mich stellen. Ich bekomme einen Platz am Fenster. Ich stelle meinen Rucksack auf den freien Sitz. Hoffentlich setzt sich niemand neben mich.

„Immer mit der Ruhe", sagt Herr Lindemann. „Der Bus ist nicht ausgebucht. Jeder bekommt einen Sitzplatz!" Zum Glück setzt sich niemand zu mir. Als der Bus losfährt, haben sich schon alle in ihren Gruppen zusammengesetzt. Mir kann es ja egal sein. Ich lege meine Stirn an die kühle Fensterscheibe und fühle das Brummen des Motors in meinem Körper.

Ich sehe kleine Orte an meinem Fenster vorbeifliegen, grüne Wiesen und Felder. Auf manchen fahren Traktoren herum. Auf der anderen Straßenseite ist ein Stau. Ich hauche gegen die Scheibe und male ein Strichmännchen auf die beschlagene Stelle. Endlich biegen wir auf einen großen Parkplatz und bunte Plakate mit Fotos von wilden Tieren zeigen, dass wir beim Zoo angekommen sind.

Alle springen auf, doch Herr Lindemann bringt sie mit seiner lauten Stimme zur Ruhe. Mein Herz klopft ein wenig, als ich das Bild mit dem Gorilla sehe.

Ich erinnere mich, dass, als ich mit Mama und Papa mal hier war, der Gorilla mit seiner Frau und ihrem Gorillakind in dem Gehege saß und Papa sagte, dass es so aussehe, als würden wir dort sitzen. Mama lachte und wir gingen und kauften uns Eiscreme. Das war ein so schöner Tag.

„Hey, schlaf nicht ein!", jemand schiebt mich durch den Gang zur Bustür hinaus. Es ist Grit.

Wir müssen alle durch das große Tor gehen. Von jetzt an können wir in kleinen Gruppen durch den Zoo gehen. Natürlich müssen wir auf den Wegen bleiben. Es finden sich Gruppen zusammen. Grit ist natürlich mit ihren beiden Freundinnen zusammen. Mit denen läuft sie ständig herum.

Ich stelle mich zu einer anderen Gruppe. Ein Mädchen rümpft die Nase, als es sieht, dass ich in ihrer Gruppe bin, aber das ist mir egal! Dann gehen wir alle gemeinsam den Weg zu den Lamas hinauf. Ich laufe hinterher.

Genau schaue ich mir an, was auf den einzelnen Tafeln geschrieben steht. Da stehen die Namen der Tiere und, woher sie kommen. Ich lese sehr gründlich, damit ich nicht mit den anderen laufen muss. Ich bin lieber alleine in meiner eigenen Gruppe.

Ich folge dem Pfeil zu den Affengehegen. Ich will unbedingt sehen, ob die Gorillafamilie noch hier ist. Ich kann schon von Weitem den hohen Zaun sehen.

Ein Gorilla sitzt hoch oben auf einem Felsen und drei liegen unten im Gras und lassen sich die Sonne auf die Bäuche scheinen. Ich weiß aber nicht mehr, wer alles zu der kleinen Familie gehört. Wo kommt denn der vierte Gorilla her?

Ein kleiner Junge steht neben mir und stellt sich auf die Zehenspitzen, damit er besser gucken kann. Er ruft aufgeregt zu seiner Mutter hinüber, die mit einem kleinen Mädchen an der Hand den Weg entlangkommt. Das kleine Mädchen kann die Gorillas im Gras nicht sehen. Die Mutter nimmt es auf den Arm und zeigt mit der Hand in die Richtung. Das Mädchen schmiegt den kleinen Kopf an den Kopf der Mutter. „Wie wäre es jetzt mit einem Eis?", will sie wissen. Die Kinder jubeln und der Junge und das kleine Mädchen laufen um die Wette. Die Mutter läuft lachend hinterher. Sie ist genau wie Mama.

Mama würde jetzt auch mit mir ein Eis essen gehen. Vielleicht sollte ich das jetzt auch einfach tun.

Ich sehe die Mutter mit den Kindern schon von Weitem. Sie haben sich an einen Tisch gesetzt und lassen sich ihr Eis schmecken. Ich kaufe mir das mit dem Kaugummi. Das esse ich am liebsten. An einem Tisch sitzt eine Gruppe aus meiner Klasse, aber als sie mich kommen sehen, legen sie schnell ihre Füße auf die freien Stühle. Ist mir doch egal, ich hätte mich sowieso nicht dazugesetzt.

Der Tisch neben der Mutter wird frei und ich setze mich auf den Stuhl, der am nächsten steht, mit dem Rücken zu ihr. Von hier aus kann ich ihr Parfüm riechen. Es riecht anders als Mamas, aber es riecht auch gut. Sie sind fertig und stehen auf. Ich sehe, wie sie in Richtung Pinguine gehen.

Ich stehe auf und folge ihnen. Sie bleiben stehen und sehen sich die Seehunde an. Ich stehe ganz nah bei ihnen. Ich höre, wie sie miteinander reden und lachen. Der Junge stellt eine Frage und die Mutter lacht. Dabei schaut sie in meine Richtung.

Ich spüre ein heißes Gefühl in meinem Gesicht aufsteigen und versuche, gleichgültig auszusehen. Vorsichtig schaue ich in ihre Richtung und sehe die Mutter mich freundlich anlächeln. Ich lächle unsicher zurück. Ich spüre mein Herz vor Freude klopfen. Ich folge ihnen, mit einem größeren Abstand, zum Elefantengehege. Dort ist es sehr voll. Fast meine ganze Klasse ist dort. Herr Lindemann macht Fotos.

Ich stehe noch dichter als vorher neben der Frau. Fast, als gehöre ich dazu. Ich höre, wie das Mädchen eine Frage stellt. Am liebsten würde ich antworten, aber ich habe Angst, dass sie mich dann fortschicken.

Das nächste Gehege gehört den Nashörnern. Wir stehen dort und sehen, wie sie sich im Schlamm suhlen und ihre kräftigen Hörner an einem alten, ausgefransten Baumstamm reiben. Einer liegt einfach nur in der Sonne und macht gar nichts.

Der Junge sieht mich an, dann zieht er am Arm der Mutter und flüstert ihr etwas ins Ohr. Sie schüttelt den Kopf und schaut lächelnd zu mir hinüber. Was der Junge wohl gesagt haben mag?

Ich fühle mich plötzlich nicht mehr so wohl. Warum muss der Junge nur alles kaputt machen? Ich drehe mich um und gehe zurück zu den Elefanten. Ich will nach Hause. Ich habe keine Lust mehr auf den blöden Ausflug. Ich werde erst mal etwas essen. Ich habe ja genug Geld mitgenommen.

Ich kaufe mir Pommes frites mit Currywurst und setze mich an einen Tisch. Die anderen Tische werden nach und nach von den Kindern aus meiner Klasse belagert. Es ist jetzt Mittagszeit. In einer halben Stunde wollen wir zum Vogelpark weiterfahren. Dabei will ich jetzt nur noch nach Hause.

Nach dem Essen gehen wir alle langsam in Richtung Ausgang. Dann wieder hinein in den Bus. Wir sitzen wieder auf den gleichen Plätzen.

Der Vogelpark ist nur zwanzig Minuten entfernt. Ich stecke meinen Anorak in den Rucksack und zähle mein Geld. Ich habe noch zwölf Euro. Da kann ich mir im Vogelpark noch etwas kaufen. Mama kann ich auch etwas mitbringen. Das würde sie bestimmt freuen.

Der Bus hält an, doch diesmal müssen wir nicht in kleinen Gruppen gehen, sondern mit der ganzen Klasse. Ich finde Vögel langweilig. Ich mag Hasen lieber. Wir gehen durch viele Glashäuser, in denen bunte Vögel herumfliegen. Auch Papageien in ganz unterschiedlichen Farben können wir sehen. Es ist fast so, als würde man durch den Dschungel gehen. Es ist überall warm und feucht. Die Geräusche erinnern mich an meine CD mit der Geschichte über einen Affen, der im Dschungel lebt. Die hört sich genauso an.

Nach zwei Stunden kommen wir wieder am Bus an, um endlich nach Hause zu fahren. Ich bin müde. Ich lege meine Stirn an die Fensterscheibe und schließe die Augen. Von fern höre ich die Stimmen und das Lachen der anderen. Ich möchte einfach schlafen. Ich öffne die Augen gerade, als wir mit dem Bus an der Schule ankommen. Ich fröstle und nehme den Anorak aus meinem Rucksack.

Vor dem Bus stehen schon viele Eltern, die ihre Kinder abholen wollen. Ich schaue genauer. Vielleicht steht Mama ja dort zwischen ihnen. Aber ich kann sie nicht entdecken. Sie wird sich immer noch nicht viel besser fühlen und außerdem weiß

sie ja auch gar nicht, dass wir heute einen Klassen-
ausflug haben. Ich habe ja den Zettel selber unter-
schrieben.

Ich gehe zur Bushaltestelle hinüber und warte
auf den Bus, der mich nach Hause bringt. Mein
Kopf ist ganz leer. Ich denke an die Mutter mit den
Kindern im Zoo. Warum war der Vater nicht dabei? Ob er auch ein Engel ist? Es wäre schön, wenn
sie unsere Nachbarn wären, dann könnte ich mit
den Kindern spielen oder manchmal sogar auf sie
aufpassen, wenn die Mutter in den großen Supermarkt am Rande der Stadt fährt. Und manchmal
würden sie mich zum Essen einladen oder sogar
zum Übernachten. Dann könnten wir eine Kissen-
schlacht machen und ich könnte ihnen eine Gute-
Nacht-Geschichte vorlesen, natürlich keine Gru-
selgeschichte.

Der Gedanke macht mich ganz froh. Ich gehe
den Weg zum Haus und schließe die Tür auf. Alles
ist ruhig. Ich gehe zu Mamas Zimmer, aber sie hat
ihren Tee nicht angerührt. Soll sie sich ruhig genug
Zeit nehmen, um wieder richtig gesund zu werden. Und dann gehen wir gemeinsam in den Zoo
und vielleicht treffen wir dann die Mutter mit den
Kindern.

Ich habe gar keinen Hunger. Ich gehe zum
Kühlschrank und trinke ein Glas Milch.

In meinem Zimmer erzähle ich Hoppel von
meinem Ausflug. Ich nehme mir ein Blatt Papier
und fange an zu malen. Eine Gorillafamilie und

daneben eine Menschenfamilie. Vater, Mutter, Kind.

Ich habe mir jetzt vorgenommen, dass Freitag mein Waschtag sein soll. Dann habe ich genug Zeit, um alles zu trocknen, und zusammenlegen kann ich es am Samstag. Samstags räume ich dann auch auf und putze. Dann ist alles gut verteilt und in der Woche kann ich mich auf die Schule konzentrieren und einkaufen gehen.

Ich will heute versuchen, alles in der Waschmaschine zu waschen. Die Bettwäsche passt einfach nicht in das Waschbecken in der Küche und das ist das größte, das wir haben.

Hausaufgaben bekommen wir freitags nie, nur in ganz besonderen Fällen, wenn wir die Aufgaben nicht in der Schule geschafft haben oder wenn wir zu laut waren. Manchmal müssen wir üben, wenn wir am Montag eine Arbeit schreiben. Aber dieses Wochenende habe ich nichts auf.

Ich gehe in die Waschküche und sehe mir die Waschmaschine genauer an. Warum habe ich nie bei Mama zugeguckt, wenn sie gewaschen hat? Dann hätte ich es jetzt leichter.

Es gibt zwei Knöpfe. Auf dem einen stehen Zahlen und auf dem anderen Buchstaben. Vorne auf der Waschmaschine ist eine Erklärung, was die Buchstaben bedeuten. Da steht „K" für „Kochwäsche" und „B" für „Buntwäsche", außerdem gibt es noch „F" für „Feines" und „W" für „Wolle".

Ich sehe mir die Wäsche im Korb genauer an. Also bunt ist sie ja. Aber ob sie eher bunt oder fein ist, das weiß ich nicht. Ich habe auch ein paar weiße Socken und ein weißes T-Shirt. Die sind nicht bunt. Die müssen dann eher fein sein, weil es keinen Schalter „W" für „Weiß" gibt.

Ich sortiere den Haufen schmutziger Wäsche in einen Buntwäsche- und einen Weiße-Wäsche-Haufen. Der Haufen mit der bunten Wäsche ist viel größer, das kommt daher, dass die Bettwäsche dabei ist. Ich stecke die Buntwäsche in die Waschmaschine. Jetzt muss ich mal überlegen, wie viel Waschpulver ich nehmen muss.

In der Packung liegt ein Messbecher mit Markierungen. Ich mache ihn halb voll und schütte das Pulver in das größte Fach in der kleinen Schublade. Welchen Schalter muss ich denn zuerst drehen? Auf der Erklärung steht, dass ich die Temperatur zwischen dreißig bis fünfundneunzig wählen kann. Dann wähle ich wohl am besten die Niedrigste und schalte den Zahlenknopf auf dreißig.

Jetzt drehe ich den anderen Knopf auf „B" für Buntwäsche. Mein Herz klopft stark gegen meine Rippen. Was mache ich, wenn die Waschmaschine anfängt, überzuschäumen oder zu qualmen? Ich muss dann ganz schnell den Stecker herausziehen. Dann hat sie keinen Strom mehr. Ich hole mir am besten ein Buch und bleibe in der Waschküche sitzen, um alles im Auge behalten zu können.

Auf dem Regal in meinem Zimmer steht das Buch, das Mama mir vorgelesen hat, als ich noch kleiner war. Es ist die Geschichte von einem Hasen, der auf Reisen viele Abenteuer erlebt. Es war lange Zeit mein Lieblingsbuch, auch wegen Hoppel. Ach ja, den nehme ich auch mit nach unten. Der kann mir Gesellschaft leisten.

Ich drücke Hoppel ganz fest an meine Brust und drücke auf den Startknopf. Es summt ganz leise und dann beginnt die Maschine, die Wäsche in der Trommel zu drehen. Dann gibt es ein zischendes Geräusch und dann dreht sie sich weiter.

Ich stehe immer noch ganz steif, bereit, den Stecker aus der Steckdose zu ziehen, aber es scheint alles ganz normal zu sein. Langsam setze ich mich auf den Boden gegenüber der Waschmaschine. Nichts qualmt oder schäumt über. Mein Herz schlägt wieder ganz normal. Alles ist genauso, als ob Mama es getan hätte.

Ich setze Hoppel neben mich und fange an zu lesen. Die Geschichte ist wirklich lustig, aber konzentrieren kann ich mich nicht so recht.

Mein Herz fängt wieder an, kräftig zu schlagen, aber diesmal, weil ich stolz auf mich bin.

Die Tage werden schon kürzer. Es ist gerade mal fünf Uhr am Nachmittag und es fängt schon an zu dämmern.

Auf dem Tisch liegen Blätter in unterschiedlichen Farben verstreut, die ich Draußen von der

Erde aufgelesen habe. Wir sollen im Kunstunterricht eine Herbstcollage machen und dafür sollen wir Sachen aus der Natur verwenden. Außerdem sollen wir Aquarellfarben verwenden. Zum Glück können wir die Arbeit zuhause fertigstellen.

In der Schule arbeiten wir an der Skizze und stellen die Liste mit den Materialien, die wir verwenden wollen, zusammen. Eigentlich ist es eine Gruppenarbeit, aber niemand aus meiner Klasse wohnt hier in der Nähe. So kann ich es ganz alleine machen.

Im Moment sind die meisten Blätter noch zu feucht, sodass ich sie alle zwischen zwei Blätter Löschpapier legen muss, damit sie trocknen und sich nicht aufdrehen. Warum kann in der Schule nicht den ganzen Tag Kunstunterricht sein?

Auf dem Herd steht der Topf mit den Ravioli. Die sind inzwischen ganz kalt geworden, ich muss den Teller noch mal in die Mikrowelle stellen.

Die Briefe, die ich heute im Briefkasten gefunden habe, liegen auf dem kleinen Tisch in der Garderobe. Ich sehe immer nach, ob ein Brief mit einer Überweisung dabei ist, dann muss ich ihn nämlich ausfüllen und in den Briefkasten bei der Sparkasse stecken.

Ich kann Mamas Unterschrift schon nachmachen, ohne irgendwo abzugucken.

Auf einem Briefumschlag steht mit sauberer Handschrift mein Name drauf. Wer hat mir den denn geschrieben? Ich sehe nach, ob ich einen Absender entdecke, aber der Brief hat keinen. Ich setze mich an den Tisch und schlitze den Umschlag mit meinem Messer, das noch Spuren von der Tomatensoße hat, auf.

Es ist eine Karte mit einem rosa Einhorn darauf zu sehen. Es ist eine Einladung zu einer Geburtstagsfeier. Katrin, ein Mädchen aus der Parallelklasse, hat sie mir geschickt. Warum lädt die mich denn zu ihrem Geburtstag ein?

Ich habe ein paar Mal mit ihr gesprochen und sie ist ganz nett, aber das ist doch noch kein Grund, jemanden zu seinem Geburtstag einzuladen. Solange ich in die neue Schule gehe, hat mich noch niemand eingeladen.

Mama wollte mal für mich eine große Geburtstagsfeier vorbereiten und viele Kinder aus meiner Klasse einladen, aber ich wollte das nicht. Warum sollte ich Kinder einladen, die sich sonst auch nicht für mich interessieren? Mama war richtig traurig. Sie sagte, dass sie nicht will, dass ich darunter leiden soll, dass wir hier in der Einöde so weit weg von allen anderen wohnen, aber ich sagte ihr, dass ich es in der Einöde sehr schön finde.

Auf der Karte stehen das Datum und die Zeit. Es ist ja schon diesen Samstag, also in drei Tagen. Ich weiß gar nicht, was ich ihr schenken soll. Amelia hatte ich damals einen Frisierkoffer für ihre Puppe geschenkt, aber die kannte ich ja auch viel besser. Ich werde Katrin einfach morgen in der Schule fragen, dann kann ich auch noch immer entscheiden, ob ich gehe oder nicht. Schließlich muss ich mich ja noch um Mama kümmern.

Mein Haar ist ganz schön lang geworden. Ich kann es mit meinen Fingern unter meinen Schulterblättern fühlen. Mama hat es sonst immer geschnitten, aber seit sie so krank ist, muss es halt wachsen. Vielleicht sehe ich bald aus wie Rapunzel.

Ich brühe Mama noch rasch den Tee auf, bevor ich zur Haltestelle laufe. Ich habe für Katrin eine kleine Tasche mit einem Einhorn darauf besorgt. Sie hat gesagt, dass sie Einhörner liebt, und alles, was mit einem Einhorn zu tun hätte, wäre ein gutes Geschenk. Wie gut, dass ich etwas gefunden habe.

Es hat auch nur zehn Euro gekostet. Mama hat gesagt, dass man für ein Geschenk nie mehr als fünfzehn Euro ausgeben sollte, das wäre für ein Schülergeschenk genug. Ich bin richtig stolz, dass ich fünf Euro darunter geblieben bin. So gute Freunde sind wir ja schließlich nicht.

Ich habe mir einen Zopf gebunden und einen Pullover und einen Cordrock herausgesucht. Das ist das Richtige bei diesem trüben Wetter. Ich bringe Mama den Tee und klopfe vorsichtig dreimal auf den Deckel der Truhe, damit sie weiß, dass ihr Tee bereit steht. Das ist jetzt unser Zeichen. Na ja, vielmehr mein Zeichen. Aber Mama hat es verstanden. Sie trinkt zwar nicht sehr viel Tee, aber ich glaube, man muss nur Geduld haben. Ich will nicht immer ständig den Deckel auf- und zuklappen, dann wird sie immer gestört. Die Krankheit sieht man ihr allmählich auch an.

Ich habe schon mal überlegt, ob ich nicht doch einen Arzt holen sollte, aber solange sie keine Schmerzen hat, warte ich lieber noch. Wenn Mama krank ist, dann kann das schon mal eine lange Zeit dauern, bis sie wieder auf dem Damm ist.

An der Bushaltestelle steht leider auch Frau Hinrichs. Sie fragt mich, warum Mama mich nicht zum Geburtstag fährt und ob das Auto kaputt ist, weil sie Mama schon eine ganze Weile nicht mehr im Auto fahren gesehen hätte. Sie wollte Mama auch schon so lange mal wieder zum Kaffee herüberbitten, aber Frau Hinrichs sagt, dass sie die ganze Zeit so beschäftigt war.

Ich erzähle ihr, dass Mama wieder angefangen hat zu arbeiten und dass sie immer von einer Kollegin mitgenommen wird, die in der Nähe wohnt. Darum steht das Auto auch die ganze Zeit vor der Garage. Und viel zu tun hat sie auch.

Frau Hinrichs nickt. „Ja, heute kann man froh sein, überhaupt noch Arbeit zu finden."

Zum Glück trifft Frau Hinrichs im Bus eine andere Frau, die sie kennt. So muss ich wenigstens nicht auch noch neben ihr sitzen.

Im Ort muss ich in einen anderen Bus steigen. Mit dem muss ich fünf Haltestellen fahren und dann muss ich nur noch in die Rosenstraße und nach der Hausnummer dreizehn suchen. Das hat mir Katrin so erklärt.

An der Haustür höre ich schon viele Stimmen, und als ich klingle, öffnet mir Katrin und hinter ihr stehen vier andere Mädchen. Einige kenne ich von der Schule, aber es sind auch Kinder dort, die ich noch nie gesehen habe. Alle sind sehr nett und Katrin ist ganz begeistert von der Einhorntasche.

Sie zeigt mir, was sie schon alles bekommen hat. Ich glaube, sie wird ein ganz schön großes Problem haben, wenn sie eines Tages aufwacht und keine Einhörner mehr leiden kann. In Katrins Zimmer ist kein Fleck, an dem man kein Einhorn entdecken kann. Sie hat sogar Bleistifte, auf denen Bilder von Einhörnern sind.

Es kommen noch zwei andere Kinder nach mir, die ich nicht kenne.

Dann bekommen wir Kuchen und heiße Schokolade. Katrins Mutter ist sehr nett, aber sie ist ganz anders als Mama. Sie ist dick und klein. Sie ist vielleicht nur einen halben Kopf größer als Katrin. Sie lacht die ganze Zeit und ihre Augen strahlen in ihrem runden Gesicht. Man kann fast glauben, dass es ihr Geburtstag ist. Ich mag, wie sie riecht. Ich finde, Kathrin hat richtig Glück, so eine nette Familie zu haben.

Wir spielen viele Spiele und Katrins Mutter spielt den Schiedsrichter. Später kommt noch Katrins Vater von der Arbeit. Er küsst seine Frau und Katrin und begrüßt uns freundlich. Er spielt dann mit uns zusammen, aber er ist ziemlich schlecht. Katrin lacht und ihr Vater freut sich wie verrückt, sogar, wenn er verliert. Die ganze Familie scheint nichts anderes zu tun, als den ganzen Tag nur zu lachen.

Ich überlege, ob Mama und Papa auch immer so viel gelacht haben. Ich kann mich gar nicht mehr so genau daran erinnern. Ich fühle mich plötzlich traurig. Ich gehe auf das Gästeklo und schließe mich ein.

Ich denke an meinen Papa und daran, wie sehr ich ihn vermisse. Tränen rollen über mein Gesicht. Ich kann sie nicht stoppen.

Jemand klopft an die Klotür. „Besetzt!", rufe ich. Ich kann aber nicht die ganze Geburtstagsfeier auf dem Klo hocken bleiben. Ich stehe auf und wasche mir mein Gesicht mit kaltem Wasser. Papa würde nicht wollen, dass ich hier auf dem Klo bleibe und traurig bin, wo ich doch draußen so viel Spaß haben kann. Ich werde heute Abend mal wieder ein Gebet zu Papa schicken, das habe ich schon länger nicht mehr getan.

Ich komme gerade vom Klo, als Katrin mir entgegenkommt. „Da bist du ja! Ist alles in Ordnung?", fragt sie misstrauisch. „Ja, ich habe nur etwas ins Auge bekommen." Ich kann inzwischen richtig gut lügen, ohne auch nur das kleinste bisschen rot zu werden.

Wir machen eine Schnitzeljagd und müssen einen Schatz finden. Dafür müssen wir in den Wald gehen. Katrin wohnt ganz schön. Sie hat den Wald um die Ecke und lebt doch nicht in der Einöde, sondern mit vielen anderen Nachbarn zusammen. So ähnlich haben wir auch mal gewohnt.

Es macht viel Spaß, ich bin mit zwei anderen Mädchen in einer Gruppe und wir versuchen, als

Erste den Schatz zu finden. Leider kommen wir erst an, als Katrins Gruppe schon am Ziel ist. Aber trotzdem sind wir nicht allzu enttäuscht.

Zum Abendbrot gibt es Würstchen mit selbstgemachtem Kartoffelsalat. Ich esse zwei Teller leer. Der Salat schmeckt viel besser als der fertig gekaufte. Danach gibt es noch eine große Portion Eis für alle. So vollgestopft war ich schon lange nicht mehr.

Das war die beste Geburtstagsfeier, auf der ich je gewesen bin. Ich werde meinen Geburtstag vielleicht doch feiern, aber erst wenn es Mama besser geht. Dann wird sie bestimmt ganz froh sein, dass ich doch eine Feier möchte.

Die Kinder aus der Nachbarschaft verabschieden sich und gehen gemeinsam nach Hause. Ich ziehe meine Jacke über und fühle mein Portemonnaie in meiner Rocktasche. Ich weiß gar nicht, wann der Bus fährt. Aber das macht ja nichts, ich habe ja Zeit.

Katrins Vater fragt mich, ob jemand mich abholt, aber ich sage ihm, dass ich mit dem Bus fahre, weil meine Mutter krank ist. Er sagt, dass die Busse am Samstagabend nur noch selten fahren, und dass er mich fahren wird. Katrin will auch mitkommen. Ich will das eigentlich nicht, aber er sagt, dass er auch drei andere Kinder zuhause absetzt, da komme es auf eines mehr oder weniger auch nicht mehr an. Katrins Mutter ist auch dieser Meinung und sieht mich mit ihren lachenden Augen freundlich an.

Ich sitze hinten mit Katrin und zwei anderen Mädchen zusammengequetscht auf dem Rücksitz. Ich werde als Letzte nach Hause gefahren, weil ich am weitesten entfernt wohne. Mit dem Auto dauert es aber gar nicht so lange. Ich bin doch ganz froh, dass ich nicht mit dem Bus fahren muss. Es ist inzwischen stockdunkel.

Ich sage Katrins Vater, dass er mich an der Bushaltestelle absetzen und ich den Rest zu Fuß gehen kann, aber er will mich bis direkt vor die Haustür bringen. Katrin sagt, dass wir hier wirklich ziemlich einsam wohnen.

Vor unserem Haus bleibt das Auto stehen. Alles ist dunkel. Katrin fragt mich, ob ich auch sicher bin, dass meine Mutter zuhause ist, aber ich antworte ihr, dass sie bestimmt eingeschlafen ist, weil sie so starke Kopfschmerzen hatte.

Katrins Vater will warten, bis ich sicher im Haus bin. Ich schließe die Haustür auf und winke ihm zu. Das Auto fährt langsam zurück und die Lichter von den Scheinwerfern werden kleiner und kleiner. Ich schalte das Licht ein und hänge meine Jacke an die Garderobe. Das war ein richtig schöner Geburtstag!

Im Bett erzähle ich meinem Hoppel alles vom Geburtstag.

Bevor ich einschlafe, spreche ich noch mit Papa. Ich erzähle ihm, was ich alles gelernt habe, seit Mama krank ist, und dass ich mir wünsche, dass es ihr bald wieder besser geht, damit wir meinen Geburtstag ganz groß feiern können.

Ich glaube, dass Papa, seit er ein Engel ist, einen ziemlich guten Kontakt zum lieben Gott hat und vielleicht etwas nachhelfen kann.

E s ist so kalt im Haus. Ich ziehe mir eine Strickjacke über den Pullover. Ich mache mir viel Pizza, damit ich den Ofen anschalten kann, der wärmt dann die Küche schön auf.

Die Heizung funktioniert irgendwie nicht. Das liegt bestimmt daran, dass der Öltank leer ist. Aber Öl bestellen kann ich nicht ohne Mama. Hunger habe ich eigentlich auch kaum.

Es liegt eine dünne Schneedecke auf dem Rasen. Alles sieht aus, als ob jemand Puderzucker ausgestreut hätte. Leider ist Schnee viel kälter als Puderzucker.

Ich habe meine Bettwäsche und den Hoppel ins Wohnzimmer gebracht, da ist es schön warm von der Küche und fernsehen kann ich dort auch.

Meine Nase läuft ständig. Ich habe mir einen richtig dicken Schnupfen eingefangen. Zur Schule bin ich die Woche auch nicht mehr gegangen. Frau Steffens hat mich nach Hause geschickt, weil ich am Montag im Kunstunterricht nur genießt habe und meine Nase die ganze Zeit lief. Es war eh nur eine halbe Woche. Donnerstag fingen schon die Weihnachtsferien an.

Ich habe eine Kerze auf den Wohnzimmertisch gestellt, damit es etwas festlich aussieht. Seit es so kalt geworden ist, bin ich häufiger nach der Schule in der Stadt geblieben. Zum einen, um mich in den Geschäften aufzuwärmen, und zum anderen natürlich, um nach Weihnachtsgeschenken zu gucken.

Ich habe eine schöne Kette für Mama gefunden. Auch, wenn sie noch krank ist, hat sie so schon mal etwas, worüber sie sich freuen kann, wenn es ihr wieder besser geht. Ich habe mir einen Malkasten gekauft, den ich mir zu Weihnachten schenken kann. Ich weiß, dass Mama das bestimmt auch getan hätte. Es ist ein Kasten mit zweihundert verschiedenfarbigen Stiften. Und sogar Hautfarbe ist dabei! Ich habe die Farben schon mal ausprobiert. Aber jetzt muss ich die Geschenke in Geschenkpapier einwickeln.

Es klingelt an der Tür. Rasch puste ich die Kerze aus und rühre mich nicht. Ich höre Schritte. Vorsichtig schleiche ich mich zum Küchenfenster und sehe gerade noch, wie Frau Hinrichs um die Ecke des Weges verschwindet.

Ich gehe zurück ins Wohnzimmer und zünde die Kerze wieder an. Ich lege die fertig eingewickelten Geschenke nebeneinander auf den Tisch. Es wäre so schön, wenn Mama zu Weihnachten wieder gesund wäre. Dann könnten wir auch noch einen Weihnachtsbaum besorgen.

Meine Ohren sind ganz kalt und ich sehe meinen Atem. Es sieht aus, als ob ich rauche. Ich stehe auf, gehe an die kleine Kommode im Flur und hole meine Mütze aus der Schublade. Die Handschuhe nehme ich auch noch heraus. Tief unten liegt Ma-

mas Lieblingsschal. Den hat sie mal von Papa bekommen. Ich streiche vorsichtig mit der Hand
darüber. Er ist ganz weich, so weich müssen Wolken sein.

Ich nehme ihn ganz heraus und drücke ihn an
mein Gesicht. Riechen tut er auch noch ein ganz
kleines bisschen nach Mama.

Eilig gehe ich rüber zum Sofa und setze mir die
Mütze auf und ziehe die Handschuhe an. Den
Schal schlage ich mir zweimal um den Hals. Wie
lange dauert es eigentlich immer, bis der Frühling
kommt? Ist es im März oder erst im Mai?

Ich decke mich mit der Daunendecke zu und
sehe durch die Terrassentür, wie kleine Schneeflocken vom Himmel rieseln. Schnee ist so ruhig und
friedlich. Warum muss er nur so kalt sein? Ich sollte mir vielleicht einen Tee machen, aber ich will
nicht vom Sofa aufstehen. Ich nehme meinen Hoppel fest in den Arm und rieche Mamas Geruch.

Heute ist ein ganz besonderer Tag. Heute
ist Heiligabend. Ich kann es gar nicht erwarten, Mama heute Abend ihr Geschenk zu geben. Auch wenn sie schläft, soll sie doch merken,
dass Weihnachten ist.

Ich würde so gerne einen Weihnachtsbaum haben, aber ich kann alleine keinen kaufen und hier-
herbringen. Aber was kann ich denn sonst tun? Ein
Weihnachten ohne Weihnachtsbaum ist nun mal
kein richtiges Weihnachten.

Meine Erkältung ist viel stärker geworden. Ich habe jetzt auch noch Kopfschmerzen. Ich schalte den Backofen an und öffne die Ofentür. Es wird langsam etwas wärmer in der Küche. Ich mache mir ein Spiegelei, dann kann ich auch den Herd anstellen. Das wird dann noch schneller warm. Eine Kanne mit heißem Tee habe ich auch schon gemacht.

Die Weihnachtskarte von Tante Marie liegt noch auf dem Küchentisch. Sie kam gestern mit der Post. Sie ist gerade im Urlaub und will sich mal melden, wenn sie wieder da ist. Hoffentlich ruft sie nicht wieder an.

Ich schalte die Herdplatte aus. Hunger habe ich keinen. Ich lasse das Spiegelei in der Pfanne. Vielleicht esse ich es später. Ich nehme eine Tasse Tee und lege mich wieder auf das Sofa. Mein Kopf tut weh und ist ganz heiß.

Ich sehe draußen die Schneeflocken wirbeln. Der Schnee liegt jetzt schwer auf den Ästen der Bäume. Die Tanne am Ende des Gartens ist kaum noch zu erkennen. Vielleicht sollte ich einfach die schmücken, dann brauche ich auch gar keine zu kaufen. Ich muss zwar nach draußen, um sie zu schmücken, aber das wäre dann wenigstens so etwas wie ein Weihnachtsbaum.

Ich setze mich auf und muss einen Moment warten, damit sich nicht mehr alles dreht.

Ich hole den Christbaumschmuck aus dem Schrank in der Waschküche. Eine dünne Staubschicht liegt auf dem Karton.

Die Stiefel stehen im Flur. Am besten nehme ich noch einen Handfeger mit, damit ich den Schnee von den Zweigen fegen kann.

Ein kalter Windhauch streicht über mein Gesicht. Es fühlt sich aber ganz angenehm an. Ich höre den Schnee unter meinen Füßen knarren. Die Tanne ist höher, als ich dachte. Vielleicht reicht es ja auch, wenn ich nur die unteren Zweige schmücke, an die ich herankomme. Der Schnee lässt sich mühelos von den Zweigen schütteln. Etwas Schnee fällt in meine Ärmel. Das ist nass und kalt. Ich ziehe meine Ärmel länger.

Der Karton lässt sich leicht öffnen und ich fange an, die kleinen Figuren und die Christbaumkugeln an den Zweigen aufzuhängen. Lichter habe ich vergessen. Die müssen in einem anderen Karton sein. Ich laufe zurück und klopfe den Schnee von den Stiefeln.

Ich finde Baumkerzen und Kerzenhalter in einer Tüte im Schrank. Die haben wir genommen, als Papa noch da war. Er mochte echtes Kerzenlicht immer lieber als das elektrische. Mit Mama habe ich dann immer das elektrische Licht gehabt. Sie sagt, dass es sicherer ist, weil wir so viel mit Holz im Haus gebaut haben.

Ich gehe zurück zum Tannenbaum. Zum Glück schneit es jetzt nicht mehr. Ich stecke die Kerzen in die Kerzenhalter und knipse sie an die Zweige, so, dass sie ganz gerade stehen. Das ist gar nicht so einfach. Mir ist schwindelig und ich möchte mich jetzt hinlegen. Ich nehme den leeren Karton und die Tüte und gehe zurück zum Haus.

Ich drehe mich noch mal um und finde, dass es der schönste Baum ist, den wir je hatten.

Die nassen Stiefel ziehe ich aus und lege mich so, wie ich bin, aufs Sofa.

Ich trinke einen Schluck vom kalten Tee. Heiß ist mir selber. Ich glaube, ich bin richtig krank. Ich will aber nicht krank sein, besonders nicht heute. Heute ist ein ganz besonderer Tag.

Mama hat immer Tabletten im Schrank. die gegen Krankheit helfen. Ich werde mal sehen, ob ich welche finden kann.

Ich gehe ins Badezimmer und schaue in den Medizinschrank. Da sind mehrere bunte Schachteln, mit unterschiedlichen Namen. Ich nehme eine Schachtel mit den Tabletten, die Mama immer genommen hat, wenn es ihr nicht gut ging. Ich denke darüber nach, dass sie jetzt sogar so krank ist, dass sie die Tabletten noch nicht mal mehr schlucken kann.

Schwindelig setze ich mich auf den Klodeckel. Ich erinnere mich wieder daran, wie ich bei Katrins Geburtstag auf dem Gästeklo geweint habe, weil mir Papa und Mama so fehlen. Ich fühle mich jetzt genauso wie auf Katrins Klo. Auch wenn ich diesmal einen Baum habe, ist es nicht so, wie es sein sollte. Weihnachten ist das Fest der Familie und für uns heißt das: Mama, Papa und ich.

Warum hat Gott das alles nur zugelassen und nichts dagegen unternommen? Klar ist es etwas

Besonderes, dass Papa ein Engel ist, aber ich würde ihn viel lieber ohne Flügel, als einen ganz normalen Menschen haben wollen, mit dem ich sprechen kann und der mir auch antwortet.

Wieder laufen mir Tränen über das Gesicht. Ich fühle mich krank und alleine. Keiner kommt und macht mir einen Tee oder streichelt mir über das Gesicht und gibt mir einen Kuss. Ich bin hier ganz alleine. Alleine mit Hoppel.

Mir wird wieder schwindelig. Ich will mich auf das Sofa legen. In meinen Gedanken sehe ich Papa auf mich zukommen und mich umarmen. Ich schließe die Augen, um das Gefühl noch stärker zu fühlen. Ich kann mich noch daran erinnern, wie Papa roch. Er hatte immer dasselbe Rasierwasser. Es roch leicht nach Zimt und Holz.

Ich drücke Hoppel fest an mich und versuche, mich an ein Weihnachten zu erinnern, an dem wir noch alle zusammen waren. Das ist lange her.

Ich habe damals ein Pferd bekommen, auf dem meine Barbie-Puppe reiten konnte. Das war mein größter Wunsch. Papa sagte, dass er hofft, dass das Pferd uns nicht die Haare vom Kopf frisst. Wir mussten lachen, denn Papa hatte ja kaum noch Haare auf dem Kopf.

Ich erinnere mich wieder, dass wir auch gelacht haben. Fast genauso viel wie Katrins Familie. Ein warmes Glücksgefühl spüre ich in meinem Bauch. Ich wünschte so sehr, dass ich noch mal mit Mama und Papa feiern könnte.

Ich kann meinen Atem sehen, aber mir ist ganz warm. Ich zünde die Kerze auf dem Tisch an. Da liegen die Geschenke. Es ist dunkel draußen und es wird langsam Zeit für die Bescherung.

Ich nehme Mamas Geschenk und leuchte mit der Kerze, das sieht festlicher aus als das elektrische Licht.

Ich gehe in ihr Zimmer und stelle die Kerze auf den Nachttisch. Der Deckel der Truhe öffnet sich leicht und ich lege Mama das Geschenk auf ihren Schoß. „Frohe Weihnachten, Mama", flüstere ich leise. Im Kerzenschein sieht sie etwas besser aus. Ich sehe sie noch eine Weile an, dann nehme ich das kleine Buch von der Truhenkante und schließe leise den Deckel. Die Kerze leuchtet mir den Weg ins Wohnzimmer.

Ich nehme meinen eingepackten Malkasten und meinen Hoppel unter den Arm und stapfe mit meinen Stiefeln hinüber zur Tanne. Mit der Flamme meiner Kerze entzünde ich die Kerzen am Baum. Ich gehe ein paar Schritte zurück, um den Baum in seiner ganzen Schönheit zu betrachten. Ich setze mich auf die Erde und ziehe mir den Schal höher zu meiner Nase. Mir ist nicht kalt. Komisch, mir ist ganz heiß.

Das ist seltsam. Schließlich sitze ich ja im Schnee.

Ich lege mich in den Schnee, um mein Gesicht zu kühlen, aber der Schnee ist überhaupt nicht kalt. Ich drücke meinen Hoppel fest an mich. Aus der Ferne höre ich das Läuten der Kirchenglocken.

Früher sind wir jedes Jahr zur Weihnachtsmesse gegangen. Das war immer so schön. Ich schließe meine Augen, um die Bilder in meiner Erinnerung festzuhalten. Alles ist so friedlich. Der Tannenbaum steht wie ein geschmückter König inmitten der anderen Bäume.

Plötzlich sehe ich ganz deutlich Papa, wie er vor dem Baum steht und ihn bewundert. „Gut gemacht, Samira", sagt er und zwinkert mir zu. Mama taucht neben ihm auf und lächelt mich an. „Ja, gut gemacht, Samira", sagt auch sie. Mama zieht den Wollschal fester um mich und Papa streichelt über meine Stirn. Danke, lieber Gott! Das war mein größter Wunsch. Ein schöneres Weihnachten gibt es nicht!

(Artikel aus dem Führbacher Anzeiger, 27.12.2013)

Grausiger Fund an Heiligabend

Elfjährige lebte fast ein halbes Jahr mit toter Mutter im Haus

In den frühen Morgenstunden wurde die Leiche eines Mädchens im Garten des elterlichen Hauses aufgefunden. Es soll sich bei dem Mädchen um die elfjährige Samira M. handeln. Nach ersten Angaben der Polizei ist das Mädchen nach der Einnahme einer Überdosis Schlaftabletten erfroren. Im Haus fanden die Beamten eine weitere Leiche. Bei dieser soll es sich um die leibliche Mutter des Mädchens, die 38-jährige Rebekka M., handeln. Die Leiche wurde in einer Kühltruhe gefunden, in der sie, ersten Angaben des Gerichtsmediziners zufolge, über einen Zeitraum von ca. sechs Monaten gelagert wurde. Ein Gewaltverbrechen wird jedoch ausgeschlossen.

Die Nachbarin Frau H. hatte die Leiche des Mädchens entdeckt und daraufhin die Polizei alarmiert. Sie hatte, so Frau H., ein seltsames Licht im Garten der Familie M. gesehen und wollte nachschauen. Dabei habe sie Samira M. vor einer weihnachtlich geschmückten Tanne im Garten entdeckt.

Nach Aussage von Frau H. pflegten die Familien einen guten nachbarschaftlichen Kontakt, bis sich Rebekka M. nach dem Selbstmord ihres Mannes vor 5 Jahren immer mehr zurückzog.

Rebekka M. litt seitdem an Depressionen und konnte ihrer Arbeit als Sachbearbeiterin eines mittelständischen Betriebes nicht mehr nachgehen.

Unsere Redaktion sprach telefonisch mit der Schulleitung der Führbacher Regionalschule, in der Samira M. die fünfte Klasse besuchte. Die Direktorin, Frau Dr. Gisela Sawatzki, beschrieb Samira M. als ein freundliches, offenes Mädchen und eine gute Schülerin. Man sei, so Frau Dr. Sawatzki weiter, über den Gesundheitszustand der Mutter informiert gewesen, aber nichts habe darauf hingedeutet, dass etwas nicht in Ordnung sei. Samira M. sei weder jemals negativ aufgefallen noch hätte sie depressiv gewirkt. Die Schulleitung und das gesamte Kollegium, so Frau Dr. Sawatzki weiter, seien über den Tod Samiras sowie die Umstände, unter denen das Mädchen die letzten Monate gelebt hätte, zutiefst bestürzt.

Über tredition

Der tredition Verlag wurde 2006 in Hamburg gegründet. Seitdem hat tredition Hunderte von Büchern veröffentlicht. Autoren können in wenigen leichten Schritten print-Books, e-Books und audio-Books publizieren. Der Verlag hat das Ziel, die beste und fairste Veröffentlichungsmöglichkeit für Autoren zu bieten.

tredition wurde mit der Erkenntnis gegründet, dass nur etwa jedes 200. bei Verlagen eingereichte Manuskript veröffentlicht wird. Dabei hat jedes Buch seinen Markt, also seine Leser. tredition sorgt dafür, dass für jedes Buch die Leserschaft auch erreicht wird

Autoren können das einzigartige Literatur-Netzwerk von tredition nutzen. Hier bieten zahlreiche Literatur-Partner (das sind Lektoren, Übersetzer, Hörbuchsprecher und Illustratoren) ihre Dienstleistung an, um Manuskripte zu verbessern oder die Vielfalt zu erhöhen. Autoren vereinbaren unabhängig von tredition mit Literatur-Partnern die Konditionen ihrer Zusammenarbeit und können gemeinsam am Erfolg des Buches partizipieren.

Das gesamte Verlagsprogramm von tredition ist bei allen stationären Buchhandlungen und Online-Buchhändlern wie z. B. Amazon erhältlich. e-Books stehen bei den führenden Online-Portalen (z. B. iBookstore von Apple) zum Verkauf.

Seit 2009 bietet tredition sein Verlagskonzept auch als sogenanntes "White-Label" an. Das bedeutet, dass andere Personen oder Institutionen risikofrei und unkompliziert selbst zum Herausgeber von Büchern und Buchreihen unter eigener Marke werden können.

Mittlerweile zählen zahlreiche renommierte Unternehmen, Zeitschriften-, Zeitungs- und Buchverlage, Universitäten, Forschungseinrichtungen, Unternehmensberatungen zu den Kunden von tredition. Unter www.tredition-corporate.de bietet tredition vielfältige weitere Verlagsleistungen speziell für Geschäftskunden an.

tredition wurde mit mehreren Innovationspreisen ausgezeichnet, u. a. Webfuture Award und Innovationspreis der Buch-Digitale.

tredition ist Mitglied im Börsenverein des Deutschen Buchhandels.

Zeitfracht Medien GmbH
Ferdinand-Jühlke-Straße 7
99095 Erfurt, Deutschland
produktsicherheit@kolibri360.de